真夜中の栗

目次

大晦日　1月11日　10
母なる証明　1月16日　14
声の力　1月20日　19
年賀状　1月23日　23
キムチ様様　1月24日　25
一陽来復　2月4日　29
ホッリーヤ！　2月15日　35
啓蟄　2月18日　40
女の園へ　2月26日　44
長い長い春の宴　3月8日　51
若者たちよ！　3月15日　55
ショコラーデン　3月19日　59

春ですもの。 3月30日 65
犬おじさん、たまにおばさん 4月8日 70
ファーブルトン 4月16日 75
フジコさんと、桜の木の下で 4月19日 80
ただ今、ベルリンは花盛り 4月21日 85
皆勤賞 4月27日 88
サボテン愛 5月5日 93
苺のサラダ 5月12日 97
旅支度 5月15日 102
雨のラヴェンナ 5月27日 107
ホワイトアスパラガスのおいしい食べ方 6月5日 111
さまよう人たち 6月16日 115
雲が生まれた日 6月28日 119

真夜中の森の奥深く　6月28日　123
こんな時だからこそ　7月8日　128
新聞記者　7月16日　134
こわいよのなか　7月18日　139
『隣人ヒトラー』　7月23日　142
ひたすら作業　7月29日　148
夏の遠足　8月4日　153
白鳥と湖　8月12日　155
今日はもう書くのをやめた。　8月15日　160
カルセドニー　8月20日　164
暮らしの根っこ　9月4日　167
ひまわりの花　9月11日　171
桃ロール　9月17日　176

始末の料理 9月22日 181
異国情緒 9月29日 186
真夜中の栗 10月5日 190
せっせ、せっせ、と 10月6日 193
6年間 10月13日 196
シュリンカー 10月17日 198
ニコニコサイン会 10月24日 200
アイラブ山形 10月28日 203
夜明け 11月6日 209
Alexandra 11月7日 213
慈雨 11月8日 216
30年前の今日 11月9日 220
冬のみずうみ 11月14日 224

大親友　11月20日　227
ジェントルマン王国　11月28日　233
冬の始まり　12月21日　237

本文イラスト　芳野
本文デザイン　児玉明子

大晦日

1月11日

いっそ、雪になってくれたらいいのに、と思っていたら、今朝、ようやく雨が雪に変わった。温暖化の影響なのか、ベルリンも暖冬で、めったなことで氷点下にはならない。温かいのだけど、そうすると雨が続く。こっちに来てから、ほぼ連日のように雨ばかり降っていて、まるで冬場の梅雨のようなのだ。

去年の経験からいうと、逆に寒くなってくれた方が空は晴れて青空が見られるので、温かくても雨が続くより、寒くても青空の方がありがたい。今朝は、夜明けと同時に雪が降った。

だけど、ほぼ積もることはない。

一瞬地面が白く染まっても、数時間後には消えてしまう。

ベルリンにいる人たちの多くは、雪が降って積もるのを楽しみにしているのにな。

お楽しみは、なかなか簡単にはやってこない。

大晦日は、バスルームにこもって新年を迎えた。

晩ご飯は近所のイタリアンに行ってパスタなどを食べ、それからバスルームを温かくしてこもる準備をし、夜の10時くらいから深夜2時くらいまで、ドアをしめて過ごす。

とにかく、花火がすごいのだ。

本当はどこかひとけのない郊外に避難しようと目論んでいたのだけど、計画を立てる前にどんどん時間だけが過ぎてしまい、いざホテルを探そうとしたら、どこもいっぱいで避難できなかった。

ゆりねは、花火が上がると怖くてブルブル震えてしまう。

音と光、両方に怯えるので、とにかく外の景色が見えない場所はないかと考え、唯一、窓もなく完全に音と光を遮断できるのがバスルームだった。

ペンギンと映画でも見ようと計画していたけれど、結局ペンギンは途中退場してしまい、私は先日マルクトで見つけた蜜蠟キャンドルやらを灯して雰囲気を盛り上げ、ひたすら読書にいそしんだ。

そして、『アナスタシア』の最新刊を読破した。これで、6冊出ている本は、全部読んだことになる。

当初は、バスルームで年越しなんて、と思っていたけれど、やってみると意外に快適で、困ることはそんなになかった。

大きい花火の音はそれなりに聞こえてはきたけれど、途中からゆりねも安心したのか音が鳴っても眠っていたし、オイルヒーターもあるので、特に不便なことはなかった。

荷物をまとめたりして慌ただしく出かけるより、賢明な選択だったかもしれない。

年が明ける頃、一度私だけバスルームを出てペンギンのところに行ったら、彼は無邪気に窓から見える花火をきれいだと言って楽しんでいた。

私はもはや、あの無秩序な花火を見てきれいと思える心の余裕はなくなっている。

次の日は、路上がゴミだらけになっているし。

でも、花火を買える時期も今だけに限定するとか、ほんと、ドイツ人はメリハリをつけるのが上手だ。季節を限定することで、特別感が増すのは事実だ。

だいたい、午前2時を過ぎると花火の集中砲火もおさまるのだが、逆に今度はそれを狙って自分だけの花火を静かな夜空に打ち上げようと企む人がいて、午前4時くらいまでは、音が鳴っていた。

それには、さすがのペンギンも怒っていた。当然だ。そのせいで、初日の出は全く拝めなかった。


遅くなりましたが、あけましておめでとうございます。

今年もよろしくお願いします。

2019年が、笑顔あふれる、平和な年でありますように！

母なる証明　1月16日

大晦日に、バスルームで見ようと思ってレンタルしていたのが、『母なる証明』だった。

きっかけは、去年の12月にソウルで角田光代さんにお会いしたこと。

実は、それまで全く面識がなく、お話をする際、何か共通点があるのだろうかとドキドキしていたのだ。

というのも、角田さんは猫派で肉党、私が好きな野菜のあれこれを角田さんはことごとく敬遠しており、しかもエッセイ集を拝読したら、正確ではないけれど、「日曜日に雨が降ったら家で豆を煮て過ごすような女とは友達にならないだろう」的なことが書かれていた。

わー、雨の日曜日に豆を煮るなんて、それってズバリ私のことだと思い、お会いするまでは不安だったのだ。

食べ物の好みに的をしぼったら、全くの正反対だった。

でも、心配はもちろん取り越し苦労だったのだけど。

仕事のやり方など大事な共通点はいくつかあったし、その中でもっとも盛り上がった共通の話題が、韓国映画だった。

角田さんも私も、大の韓国映画ファンで、お互いに、あれは見ましたか？　こっちはどうでしたか？　と話に花が咲いたのだ。

韓国映画と言っても甘ったるいラブストーリーの方ではなく、硬派な方で、ジャンルではサスペンスに分類されることが多いけれど、サスペンスという一言ではくくれないような、社会的なテーマを扱った作品だ。


そういう韓国映画が素晴らしいのは、日本だったら目をそむけたり、水に流してしまいそうな社会問題を（たとえば、児童虐待とか、差別とか）、思いっきり暗部にまで踏み込んで、そこから決して目をそむけず、逆に光を当てて、しかもエンターテーメントとしても存分に楽しめる作品に仕上げてしまうことだ。

こんなテーマを日本だったら題材にしないだろうなぁ、というところを問題提起して、見る側にずどんと重いボールを投げかける。

以前見て感動した『トガニ　幼き瞳の告発』も、まさにそういう映画だった。

ちなみにこの作品は、去年、フランスのオセール文学祭でご一緒したコン・ジヨンさんが原作者で、ろうあ学校で実際に起きた子ども達に対する性的虐待を題材にしており、この映画が公開されることにより、韓国では「トガニ法」という法律が定められたという。

それくらい、映画が社会に対して大きな影響を与えている。

あとは、『殺人の追憶』も素晴らしかった。

この作品は角田さんもご覧になっていて、ふたりで、本当に見事ですよねー、と言い合った。

残念ながら角田さんに教えていただいた『シークレット・サンシャイン』は今の環境では見られなかったのだけど、またむくむくと韓国映画が見たくなって、それでたどり着いたのが『母なる証明』だったというわけ。

まず、映画の始まりからして、謎に満ち溢れていた。

そのことが、映画を見ている間中、ずっと頭に引っかかっている。そして、最後に、ようやく謎が解けた。

それにしても、映像がどこを切り取っても美しい。

音楽も良く、映画らしい映画という気がした。

そして、韓国社会に根付く障害者への差別や貧富の差、警察のズサンさなど、随所に社会的な強いメッセージが込められている。

見事としか言いようのない映画だった。

見終わった時には放心状態。

すぐに、もう一回見たいと思った。


驚くことに、公開されたのは、もう10年も前。

それなのに、少しも古びていない。

そして、どことなく見終わった時の余韻が『殺人の追憶』に似ているなぁ、と思ったら、それもそのはず、同じ監督の作品だった。

原案も脚本も監督も、ポン・ジュノさんだという。

なんという才能の持ち主なのだろう。

日本では『母なる証明』というタイトルで公開されたけれど、韓国では『ＭＯＴＨＥＲ』

という題がつけられていたそうだ。

母親が息子を愛する姿の美しさと怖さが、これでもかというくらい、目を背けたくなるほどの洞察力で描かれている。

映画といえば、ベルリンでも、『万引き家族』の公開が始まっている。

暮れに飛行機の中で見たのだけど、ドイツ語の勉強も兼ねて、もう一回映画館に見に行ってくるのも、いいかもしれない。

もうすぐ、ベルリン映画祭も始まるし。

楽しいことだらけだ。

声の力

1月20日

部屋の白い壁に影絵ができている。

久しぶりに、美しい朝焼けに出会えた。

外はマイナスの寒さだというけれど、お日様パワーと暖房で、家にいる分には暖かい。

来た、来た、来た、来た。

ようやく望んでいた冬が来たぞ。


ラトビアの人は、雪がたくさん降る冬こそいい冬だと言っていたけれど、私も全く同感だ。

冬は、しっかりと寒くなって、雪が降って、そして積もって、湖や池に氷が張って、息が白く濁らなくちゃ、冬とは呼べない。

そうやって、うんと厳しい冬を耐え抜いてこそ、春の温もりを心ゆくまで味わえる。

マイナスの気温に青空、なんて気持ちがいいのだろう。


今日は日曜日なので、ちょっと趣向をこらし、朝昼ごはんにパンケーキを焼いてみた。

家にあったりんごは昨日のうちにコンポートにしておいた。

パンケーキには、ディンケル（古代小麦）の全粒粉を使う。

あとは、卵と牛乳とヨーグルトと粉類を混ぜて、焼くだけ。

ペンギンは、それにゆで卵マヨネーズとルッコラのサラダを用意した。


1枚目と2枚目は若干焦げたけど、3、4枚目は大成功。

私は、満を持してバターとメープルシロップで。

なんという幸せ。

ホテルにいるみたいだなぁ、とうっとりしてしまった。

ペンギンは、大人のパンケーキと言ってゆで卵マヨネーズをたっぷりのせて食べていたけれど、やっぱりパンケーキは、バターとメープルシロップが王道だと思う。

家にストーブがあったらなぁ。

そういえば、もう1週間も前になるけれど、いまだにあの時の声が耳から離れない。

せっかく新しい年を迎えたのだし、少しは新年気分を味わおうと思って、ベルリンフィルのコンサートを聞きに行ったのだ。

その時は、ロシアからやってきた混声合唱団とオーケストラとの共演で、とにかく、その混声合唱団の声が見事だった。


合唱が始まったとたん、場の空気がガラッと変わるのがわかった。

楽器の演奏だけでも力強いのに、そこに人間の声が加わることで、次元が変わってしまう。

私だけこんなに感動しているのかと思ったら、周りにいる人たちも涙を拭っていた。

歌っている言葉の意味なんかちゃんとわからなくても、声だけですでに力がある。

楽器なんか弾けなくても、みんな、生まれた時からひとりひとり、「声」という楽器を持っているのだ。

声の力って本当にすごい。

もしも、世界中にいる人たちが、同時に同じ気持ちで祈ったり願ったりしたら、とんでもない奇跡が実際に起きるんじゃないかという気がした。

今夜は、トンカツ。
ペンギンが、執念でキャベツを見つけてきた。

年賀状　1月23日

夕方、公園を横切って髪の毛を切りに行ったら、子ども達が寄ってたかって、池の氷の出来を確かめている。

まだ、上に乗っている人はいないけれど。

そろそろ氷が厚くなって、スケートができるようになるかもしれない。

少しずつ、朝が来るのが早くなり、陽が沈むのが遅くなってきた。

たまに、ご褒美のような美しい夕焼けの空に会えるのが嬉しい。

先日、年賀状を出した友人から、暮れに体調を壊したから、今年は年賀状をお休みしたの、とメールが来た。

そう、それでいいのだ！　と私は思う。

年賀状って、わざわざ自分を犠牲にして、泣きながら徹夜して書くようなものでは全然ないし、それよりも、その人が笑顔でいてくれた方がよっぽど嬉しい。

もし、心と時間とお金に余裕があって、共に新年を迎える喜びを味わいたい、というのなら、もちろん書いて出すのも素敵だと思うけど。

何事も、「義務」にならない方がいいなぁ、と思っている。

だから、友人がとった行動は大正解だ。

遠慮なく、お休みしてほしい。

そうすれば私も、遠慮なく休めるし。

年賀状って、それくらいゆるくって、いいんじゃないかな。

キムチ様様

1月24日

この冬一番の寒さが来たー、なんて喜んでいる場合ではなかった。

昨日のお昼前から、ハイツングが効かなくなった。

ハイツングはドイツ語で暖房のことを意味し、要するにセントラルヒーティングが全く機能しなくなってしまったのだ。

折しも、最高気温がマイナス2度、最低気温がマイナス7度とか、そんな日に！

普段は、アパートの地下にあるボイラー室でお湯を沸かし、そのお湯がアパートの各部屋を巡るシステムになっている。

空気も汚れないし、ほんの低温でつけっぱなしにしておけるし、暖めたい時はすぐに部屋が暖まるし、本当に優れもののハイツングなのだけど、そっか、システムが機能しなくなることもあるんだなぁ。

お湯も出なければ、暖房も使えない。

まずはカイロを体に貼り付け、厚着をした。

唯一の暖房設備は、この冬、ペンギンが買った足元を暖めるシートで、それを一番狭い部屋に置いて、コタツみたいにして共有する。

まぁ、ほとんどの面積を独占していたのは、ゆりねだけど。

ゆりねも、このシートが大好きで、気がつくといつもその上で丸くなっている。

でも、何よりも助かったのは、キムチだった。

ちょうど、夜にキムチ鍋をしようと思って、材料を揃えていたのだ。

アジアショップからキムチを見つけて買って来ていたのは、ペンギン。

足元を暖めるシートといいキムチといい、最近の彼の行動は、なかなか冴えている。

キムチ鍋を食べだしたら、みるみる体が温かくなって、最後は、汗まで流れた。

普段なら、ハイツングを3くらいにしないと寒くていられないはずなのに、キムチのおかげで、暖房がなくてもポッカポカ。

いつもならバスタブにお湯を張ってクレイを溶かし、温泉もどきにして楽しむのだけど、お湯が出ないのでお風呂も無し。

体が冷えきらないうちに、お布団へ直行した。

日本から、湯たんぽを持ってきていて良かった！

ゆりたんぽと湯たんぽの相乗効果で、寝ている間は寒さを感じずに済んだ。


ただ、問題は今日で、夜の間にぐっと気温が下がったので、アパートは冷えたまま。

なるべく台所で豆を煮たりして、部屋を暖かくする。

そして、再びキムチの登場。

朝昼ごはんは、ペンギンが、昨日の鍋の残りを使って豚キムチ炒めを作ってくれた。

これでまた、体がポッカポカ。


午後は、サウナへ行ってきた。

ちょうどレディースデーで助かった。

灼熱と極寒を行ったり来たりして、たっぷりと汗を流す。

そして夕方、ハイツングの修理の人が来てくれたらしく、夜ご飯を食べて家に戻ったら、暖かくなっていた。

良かったー。

これが長引いたらどうしようかと思っていた。

私はさくっと、旅行でも行っちゃおうと思っていたのだけど、その必要もなくなった。

ふだん、水道からお湯が出ることなんて、当たり前だと思っていたけど、温かいお湯が、これほど有難いとは!

昨夜は、同じアパートに住む人たち全員が、寒い夜を過ごしたのだ。

みんな、ハイツングが復旧してホッとしている。

もしもこれが週末だったら、もっと長引いていただろうから、丸一日半で回復したことは、不幸中の幸いだったかもしれない。

それにしても、キムチ様様。

心からの感謝を申し上げます。

一陽来復　2月4日

立春が過ぎて、旧暦のお正月。
朝、2度目となる新年の挨拶をした。
昨日、東京は春の陽気だったようだけど、ベルリンも、今日は見事な青空だった。
いかにもいいことがありそうな、おめでたい冬の空。
旧暦の季節感の方が、しっくり来る。
七草粥も、これから食べるのがいいらしい。

今日は午後、ヨガに行ってきた。
38度に保たれたスタジオでやる、ホットヨガ。
90分間、ちゃんと最後までついていけるか不安だったけど、大丈夫でホッとした。

年が改まって、何か新しいことをしたかったから、ちょうどいい。

今年はヨガに精進しよう。


新しいことといえば、この冬は、カルボナーラがよく食卓にのぼっている。

初めて食べた時は、衝撃的だったなぁ。

思い返せば、実家での食事にパスタというか、イタリア料理が出ることなんて、まずなかった。

それまでも、スパゲッティー自体は食べたことがあったけれど、ほとんど缶詰のミートソースをかけたトマト味のパスタで、カルボナーラどころか、ペペロンチーニも、大人になるまで食べたことがなかったっけ。

オリーブオイル自体、台所には置かれていなかったし。

そう思うと、今の子ども達は随分といろんなものが食べられるようになって恵まれている。


生まれて初めてのカルボナーラは、どこかに遠出した帰り、ひとりでふらりと入ったイタリア料理の店で食べた。

世の中に、こんなにおいしいものがあったんだー、とちょっとしたカルチャーショックを受けたっけ。

カルボナーラはローマの郷土料理と聞いて、ローマでも期待してカルボナーラを注文した。

でも、あれは恐ろしくまずかった。

イタリアだからと言って、どこに入ってもイタリア料理がおいしいわけではないと学んだのは、あの時だ。

まずい、という言葉では全然足りないくらい、おいしくなかった。

今でも、思い出すと腹が立つ。


ボローニャで私が盛大におなかを壊した時、ペンギンが目の前で食べていたカルボナーラも、おいしかった、らしい。

私はほとんど食べられなかったけれど。


そんなわけで、人生の節目節目で、カルボナーラが登場する。

でも、自分で作ってみようとは全く思わなかった。

私にとっては、特別なパスタがカルボナーラだった。

ふと、作ってみよう、と思ったのは、おいしい卵と出会ったから。

近所のハム屋さんで売られている卵が、とびきりおいしい。

ずっと、こっちの卵を生で食べるのは抵抗があって我慢していたのだけど、そこの卵だったら、生で食べても全く問題がない。

だから、去年の秋以来、白いご飯を炊く時は、必ずと言っていいほど、卵かけご飯にしている。

それにお味噌汁があれば、御の字だ。

毎回、バンザイしたいような気分になる。


なので、卵かけご飯がこんなにおいしいのだから、カルボナーラだってきっとおいしいに違いない、と思ったのだ。

だって、カルボナーラは、日本でいう卵かけご飯みたいなものだと聞いたことがある。

それで作り方を調べたら、ずっこけてしまいそうなほどシンプルだった。


まず、オリーブオイルでニンニクを炒め、更にベーコンを炒める。

同時進行で、鍋でパスタを茹でる。

茹で上がったら、ボウルに生卵（ひとり1個）をといておき、そこに熱々のパスタを入れ、更に炒めてあったニンニクとベーコンも加え、よく混ぜる。

あとは、塩とコショウで味をととのえて、出来上がり。

基本的には、たったこれだけなのだ。


大事なのは、卵を、しっかり常温に戻しておくこと。

そうしないと、パスタとの温度差で、卵に熱が加わってしまいダマになる。

特別な材料なんて一切必要なく、ふだん冷蔵庫にあるものだけでできるから、本当に助かるのだ。

まぁ、シンプルなだけに、パスタや卵の味に大きく左右されてしまうけれど。

この冬はペンギンも一緒に越冬中ということもあり、なにかと台所に立って料理をしていることが多い。

卵といえば、ゆで卵のおいしい茹で方も仲良しのぴーちゃんに教えてもらった。

小学生の頃、家庭科の授業で習ったのは、水から茹でる方法だったけど、教えてもらったのは熱湯になってから入れて、7分経ったら取り出すというもの。

これも、卵を常温に戻しておくことが大事。
ほどよい火の入り具合で、生すぎず固すぎず、絶妙な茹で具合に仕上がる。
このやり方を知ってから、ゆで卵の地位が大いに格上げされた。
卵1個で、世界が大きく広がるのを実感する。

一陽来復。
冬が去り、春が来る。
今日はそんな風を実感した一日だった。

ホッリーヤ！　2月15日

週末のマルクトに魚を買いに行った時、ネコヤナギを見つけた。

素朴な風情のおじさんが、いかにも自分の家の庭先で摘んできたかのようなネコヤナギを輪ゴムで束ね、短い方は2ユーロ、長い方は2・5ユーロで売っていた。

2ユーロの方を売ってもらい、家に帰って花びんにいけたら、ぐんと部屋が春めいた。

ふくふくと芽吹く芽は、ふっくらとした毛に包まれて、ゆりねのしっぽを見ているみたいだ。

今日、『ガザに地下鉄が走る日』を読み終える。

10代の頃は、自分が大人になったら、きっと世界は、もっともっと良くなっているのだろう、と思っていた。

でも、現実はもっと良くなるどころか、更に悪くなっている気がする。

こんな未来を期待していたわけではなかったのに。

人間は、ぜんぜん進歩しないどころか、むしろ後退している。


もしこの本を、日本で読んでいたら、もっと違ったかもしれない。

物理的な距離が、パレスチナで起き続けていることを、遠い場所で起きている出来事だと認識してしまったと思う。

だからこの本を、ベルリンで読めて良かった。


どうして人間がそんな暴力的なことをするのか、ということは、いくら疑問を投げかけても答えがあるわけではないから、人間とは時に相手を人とも思わないような暴力で苦しめるものなのだ、という事実として受け止めるしかないと思った。

でなければ、ホロコーストによってあれほど苦しめられたユダヤ人が建国したイスラエルが、今、パレスチナ人に行っている残虐な行為に説明がつかないし、どうしてこれほど善良なドイツ人たちが、かつてホロコーストという残虐な行為に至ったのかも説明がつかない。

「愛」という素晴らしい字を名前につけたわが子に暴力をふるい、死へと追いやる行為をする親にも、説明がつかない。

なぜ？　という問いには答えなどなく、ただそこに事実があるだけなんだと思う。

自分たちは特別なのだという優越思想のもと、パレスチナ人の土地をじりじりと奪い、日々ドローンで監視し、逃げられない人々の空の上から爆弾の雨を降らせる。

時には若者の命ではなく、足を狙って彼らから希望を奪う。

水鉄砲での攻撃に対して、一発の爆弾で報復するような、圧倒的な強者による弱い者いじめ。


天井のない監獄とも言われるパレスチナで起きていることも、児童虐待も、構造は同じだと思った。

本当に、ひどい。

そして、助けを求めている人々の声を無視することも、間接的には暴力に加担しているのと同じなのだ。

結愛ちゃんも心愛ちゃんも、必死で助けを求めていたのに、大人がその手を振り払ってしまった。

同じことを、私たちはパレスチナの人たちにもしている。


パレスチナの苺は、とても大きくておいしいのだという。

けれど、それを外国に輸出するためにはイスラエルの会社を通さねばならず、そこで値段が跳ね上がってしまう。

だから、せっかく甘くて立派な苺を作っても、自分たちで食べるしかない。

かつては、自分たちの海でとれた豊富な魚や、手作りのおいしいパンが食卓に並んでいたというのに、今はその海が生活排水で汚染され、パンも粗悪な白いパンしか口に入らない。

ただ単にパレスチナ人として生まれたというだけで、過酷な人生を強いられている。

もっともひどいのは、人としての尊厳を奪うことであり、希望を奪うことだ。


年末に夢中で読んだ『ベルリンは晴れているか』も、素晴らしい作品だった。

この本も、ベルリンで読めて良かった。


「ホッリーヤ」は、アラブの言葉で、自由を意味するという。

パレスチナの人々も、虐待で命を奪われた子ども達も、そしてホロコーストで強制収容所に連行されたユダヤ人達も、心の底から自由を求めていたのだろうに。

何か具体的な行動はできなくても、とにかく、現実を知り、声に耳を傾けることが大事なのだと思った。

ネコヤナギの花言葉は、「自由」。

啓蟄　2月18日

春の陽気が続いている。

もうほとんど、ハイツング（暖房）もつけていない。

ポカポカ陽気で、気の早い人たちが、もう外で日光浴を楽しみながらワインやビールを飲んでいる。

そういえば、多くのドイツ人は、常に栓抜きを携帯している。

キーホルダー代わりに、栓抜き。

理由はもちろん、いつでも瓶ビールが飲めるようにだ。

ちなみにドイツでは、親と一緒なら14歳からビールやワインなどのアルコール類が飲酒可能、とのこと。

本当かな？

公園にも人が集まってきて、毎年恒例の「啓蟄（けいちつ）」祭りだ。


先週末は、わが家もお客様で賑やかだった。

いつもゆりねがお世話になっているひなちゃん&だりちゃんカップルを迎えて、晩ご飯。

大好きなふたりが来て、ゆりねも大はしゃぎだった。


お客様の時はたいてい和食が中心になるのだが、その時に活躍するのが乾物。

日本に帰った時やペンギンがこっちに来る時、スーツケースをパンパンにして持ってくるし、日本からのお土産もたいてい乾物なので、日本の台所以上に乾物類が充実している。

中でも私が、これは素晴らしい！　と思っているのが、乾燥させた菊の花と乾燥させたモズクで、どちらも、水に戻すと生で使うのと全く変わらない状態になる。

なかなか簡単には手に入らないけれど、このふたつはあると本当に助かる。


私はいつも、それぞれ戻してから、お酢で味付けして酢の物にしている。

米酢とリンゴ酢を合わせて、砂糖と塩で味付けしたものを常備し、ポテトサラダやすし酢に使っている。

最近は、キャベツの千切りを塩揉みしてから、この酢であえた酢キャベツが冷蔵庫の常連さんだ。

おやつ代わりにも、サクサク食べられる。


今回は、煮卵からスタートした。

続いてレンズ豆のスープ、モズクと菊の酢の物と続き、揚げ出し豆腐のユリ根あんかけ。

揚げ物用の鍋を新調し、今回初めて使ったのでまだ癖がわからず揚げ出し豆腐がうまくできなくててんやわんやしちゃったけど。

これで、お正月用のユリ根は使い切った。

また来年会えるのが待ち遠しい。


そしてメインは、バターチキン。

鶏モモ肉に塩コショウとカレーパウダーで味付けし、小麦粉をまぶしてバターで揚げ焼きするのだけど、今年のお正月にふと閃いて試しに作ってみたら美味しくて、今回、もう一度おさらいしてみたのだ。

これは、いつも行っているフィレンツェの食堂の真似っこ。カリカリになるまで揚げるのがコツで、これにレモンをしぼっていただく。付け合わせは、最近好きになった赤キャベツのサラダ。

最後は、そばパスタでしめる。

だりちゃんはイタリア人で、とっても料理が上手。お箸の使い方も見事で、取り分ける時はちゃんとお箸を逆向きにして使っていた。お茶請けには、日本から届いたばかりの「クルミッ子」をみんなで食べ、まるで日本にいるのと変わらないような気分になる夜だった。

女の園へ

2月26日

なんだか鼻がむずむずする。

頭も重い。

もしかしてこれは、花粉症だろうか？

体をスッキリさせたいので、ハマムへ行ってきた。

ハマムはトルコ式のサウナで、クロイツベルク地区にあるそこは、女の人だけが利用できる。

空いているかと思って行ったら、意外と混んでいた。

サウナなんか、もともと狭い上に、わんさか人が入るものだから、満員電車並みの混雑ぶりだった。

しかも、そうなんだなぁ、と後から気づいたのは、ハマムは女の人たちの社交場なのだということ。

仲良しグループ何人かで来ている人がほとんどなので、つまり、みなさん、裸でおしゃべり目的に来ているのだ。

古今東西、女の人が3人集まると賑やかだなぁ。


マッサージがいっぱいでできない代わりに、トルコ式のアカスリと石けんマッサージをお願いした。

あー、極楽。

アカスリは韓国の方が一枚上手という気がしたけど、石けんの泡をいっぱい泡だててマッサージしてもらうのは気持ち良かった。

日本でもサウナが脚光を浴びているようだけど、私もベルリンでサウナに目覚めた。

汗を流すって、最高に気分がいい。

単なる猛暑で汗が出るのはゲンナリするけど、サウナやホットヨガで滝のように汗が流れるのは、自分が生まれ変わるようで快適だ。

一瞬静かになった中庭で、ぼーっとしながら青空を見ていた。

表通りは賑やかなのに、一歩中に入ってしまえば静寂に包まれ、それぞれの人の暮らしが垣間見れる。

そうだよね、こういう普通の暮らしを守りたかったんだよね、と思った。

クロイツベルク地区は、もともとトルコ系の移民の人たちが多く暮らす地区だ。ここはどこ？　というくらいトルコ人が営む店やレストランが軒を連ね、週に3回は、大規模なトルコマーケットも開かれる。

野菜などはとにかく安くて新鮮だし、お上品ではないけれど、トルコ人は明るくて活気があるし、同じ外国人の身としては、どこかホッとする場所でもある。

土地が安かったから若い人が集まってきて、エネルギーに満ちた独特なパンクな地区になった。

そんなクロイツベルク地区に、グーグルが目をつけ、ヨーロッパの一大拠点を作ろうとプロジェクトを立ち上げたのが数年前。

が、その計画に地域の住民が大反対。

毎月反対デモを行い、プロジェクトを頓挫させた。

おそらく、他の多くの都市だったら、グーグルを大歓迎したと思うけれど、そんな風には乗らないのがベルリナーなんだなぁ。

あっぱれ。

アメリカナイズされた価値観やライフスタイルが大量に持ち込まれることで、自分たちがこれまで築いてきた普通の暮らしを奪われることに我慢ができなかったというわけだ。

そしてその気持ちを、具体的に「デモ」という形で表明し、その住民の声をグーグル側も理解し、受け入れた。

グーグルはすでにその広大なビルの賃料を払ってしまっているので、その間は無料で住民に開放しているのだとか。

いかにも、ベルリンらしい展開だと思う。

民意って、そういうものだ。

誰かが、民主主義というのは、ひとりひとりが真剣に悩んで答えを出すことだと言っていて、まさにそうだ、と思ったけど、なら今沖縄で起きていることは、どうなんだろう。

日本は、表向きは民主主義国家になっているけれど、実感として、民意が政治に反映されているとは到底思えない。

自分の考えを言ったローラさんが批判されて、首相と談笑するアイドルグループが非難されないのも、不思議な話だと私は思う。


先週の日曜日だったと思うけど、地下鉄にあるニュースの掲示板に日本の首相とアメリカの大統領の笑顔のツーショット写真が出ていて、なんだろうと思って見ていたのだけど、数日後、安倍さんがトランプ氏をノーベル平和賞へ推薦する、その推薦文を書いたという報道を知って、納得した。

個人的に仲良くするのは勝手だけれど、日本を代表して推薦するのは、やめてほしい。

安倍さんは、策略と思って推薦したのかもしれないが、世界的に見たら失ったものの方が多いのではないかと思えてしまう。

なんだか、私は日本人です、というのも、胸を張って言えない時代になってきた。

クロイツベルク地区の住民がグーグルにノーを突きつけたのも民意なら、沖縄県の住民の辺野古移設反対も民意のはず。

そもそも、そんなマヨネーズ並みの緩い地盤に大量の土砂を流し込んで、多数の杭を打ち込んで陸地を作るなんて、非効率的なのでは？

そんなことをつらつらと考えているうちに、また女の人の集団がやってきたので、中庭を後にした。

女性が政治の中枢を担うようになったらもっと世の中がよくなるんじゃないかと期待するけど、それはまだまだ先の未来なんだろうなぁ。

女の園から帰ったら、ペンギンとゆりねが仲良く寄り添って昼寝をしていた。

ゆりねは最近、やっとペンギンを家族と認めるようになったのか、ペンギンの腕枕でも眠るようになった。

ペンギンが日本に戻るたびに関係が清算され、また次に来た時、一から信頼関係を築いていく。その繰り返し。

ゆりねが一緒に寝てくれるようになったことが、ペンギンにとっては何よりも嬉しいことらしい。

春が近づき、わが家のサボテンさんにもポツポツと芽が伸びてきた。
サボテンの赤ちゃんみたいで、すごくかわいい。

長い長い春の宴　3月8日

どうやら今日は祝日らしい。

知らなかった。

しかも、ドイツ全土ではなく、ベルリンだけの祝日で、今年から始まったFrauentag（女性の日）だという。

そう思って改めて見回すと、確かに人々がいつになくのんびりしている。

祝日だから、スーパーなどのお店もほとんどが閉まっている。

今週は、お客様が遊びにいらした。

日本からのオカズさん夫妻と、蒜山耕藝（ひるぜんこうげい）のおふたり、それにアルザス在住のジャックさん。

ジャックさんは、日本をこよなく愛するフランス人のお医者さんで、彼ら5人は、はるばるアルザスから車でベルリンにやって来た。

しかも、宿泊はドイツとの国境に近いポーランドの町で、2日間、ベルリンとポーランドを往復した。

陸続きのヨーロッパでは、これができる。

ただ、ベルリンでお客さんを案内するとなると、結構困る。観光地らしい観光地もないし、まぁそういう場所に興味がない人たちだから、どうしたものか。

ベルリンの最大の魅力は、時間の流れ方だと思うのだけど、時間の流れに身を任せるほどの時間はない。

季節がよければ、公園を散歩したり、ビアガーデンに行ったり、森や湖に行ったりと、いろんな選択肢がある。

でも外がまだ寒い時期は、なかなか難しい。

悩んだ末に、1日目の夜は近所の雰囲気のいいドイツ料理店で食事をし、2日目はみんなで屋内マーケットに買い出しに行って、午後、家でのんびり長い昼食を楽しむことにした。

もちろん、というべきか、マーケットでもビールを飲む。
本当に、お酒をよく飲む人たちだ。

ぼちぼち白アスパラガスが出ているので、もし売っていたら今シーズン初の白アスパラガスを、と意気込んでいたのだけど、屋内マーケットの八百屋さんにはまだ出ていなかった。八百屋さんで新鮮なキノコや葉物野菜などを、肉屋さんで牛のヒレ肉とソーセージを、ハム屋さんでハムとパンを、チョコレート屋さんでケーキをそれぞれ買って家に戻り、それから一気に料理して、乾杯した。

ふだん、7名での食事なんて滅多にないから、それだけで気持ちが弾んでくる。いつもなら、何日もかけて減っていくパンも、これだけ人数がいるとどんどんなくなる。

私がふだんおいしいと思って食べているものばかりだけど、それをみんなも喜んで食べてくれたのがとても嬉しい。
食事が終わる頃にはすっかり暗くなり、私はほろ酔い気分のままドイツ語の授業へ。
なんだか頭がボーッとしていつも以上に働かなかったけど、その分、幸せの余韻をたっぷりと味わえた。ペンギンと過ごす週末も、今週が最後だ。

なので今週末は、いつになくのんびり過ごしてベルリンを満喫しようと思っている。

そうそう、今読んでいる内田洋子さんの本『モンテレッジォ　小さな村の旅する本屋の物語』（方丈社）の中に、とてもステキな文章を見つけた。

「本を選ぶのは、旅への切符を手にするようなものだ。行商人は駅員であり、弁当売りであり、赤帽であり、運転士でもある。」

イタリアにはかつて、重たい本を背負って他所の村々に本を届けた行商人がいたという。ページをめくりながら、改めて、本屋さんという職業に心から感謝したい気持ちがむくむくと湧いた。

若者たちよ！

3月15日

ペンギンが日本に戻ったので、再びゆりねとふたり暮らしになった。

ベルリンは一度暖かくなったのに、また冬に逆戻りで、しかも雨が降るので気が重くなる。

でも、木々は着実に芽吹きの態勢に入っており、今か今かと待ち構えている模様だ。

きっと、一斉に春が訪れるのだろう。


ペンギンが帰国直前にドライカレーをたくさん作っていってくれたので、連日、ペンギンカレーを食べて過ごしている。

昨日は、パンにつけてカレーパンにしてみた。

パスタソースみたいにお蕎麦に絡めてもおいしいし、出汁で伸ばしてカレーうどんにしてもいい。

もちろん、白いご飯にかけても。

小分けにして冷凍してあるから、何かと助かるのだ。

しかも今回は、引き算でカレーを作ってくれたので、まだ私好みに味を調える余白が残してある。


今日は午後、いつもの整体に行ってきた。

ここは本当に私のオアシス。

そして中央駅に向かう途中、数多くの若者たちと遭遇する。

皆、手書きのプラカードを持っている。

どうやら、地球環境保護に関するデモがあり、それに参加した子たちのようだ。


調べると、このデモは今、世界的に広がっているとのこと。

もともとは、スウェーデンの15歳の生徒、グレタ・トゥーンベリさんが、たったひとりで始めた抗議行動で、彼女は毎週、国会議事堂前で座り込みをし、政治家に地球温暖化に対する早急な対策を訴えた。

「温暖化の事実はすでに明らかなのに、政治家は科学者の言うことに耳を傾けない。そんな学校で何を学べるの？」というのが彼女の主張で、それに賛同する若者たちが次第に増えて、オーストラリアでは1万5千人もの中高生が、学校の授業をボイコットしてデモに参加した。ひとりの行動が、本当に今、世界中に波及している。

ドイツでも、30万人以上の若者たちが参加したという。

ベルリンにいると、デモを頻繁に目撃する。

つい先日は、原発反対のデモも行われた。

近々、ベルリンの家賃高騰を訴える大規模なデモもあると聞く。

声を上げて自分の意見を表明しなければ相手に伝わらないし、その姿を見て、声を聞いて、政治家はこれからの方向を模索する。

民意があっての政治、というのは当たり前のことなんですけどねぇ。

この若者たちの訴えを、世界の政治家はどう聞いて、どう行動に移すのだろう。

確かに、たった1年前の冬と較べても、この冬の方が暖かくなっている。

暖房費がかからない、なんて喜んでいる場合ではない。

本当に深刻な状況にあるのだ。

経済ばっかり優先していたら、地球を食べ尽くして、結局自分たちの首を絞めるだけなのに。

100年、200年先の未来を想像して行動している政治家が、どれだけいるのだろう。

そして、そのツケを被るのは、若者たちなのだということを、肝に銘じてほしい。

がんばれ、若者たちよ！

ショコラーデン　3月19日

今日、家の前の公園の桜が咲いていた。

桜は、どの木よりも早く春を告げる。

2年前はベルリンで桜を見てもなんだか桜を見ている気がしなかったのだけど、今は、ちゃんと桜だなぁと思う。

今年は、満開の桜の木の下でお花見がしたい。


近所にすてきなショコラーデン（チョコレート屋さん）があることに気づいたのは、この冬のことだった。

以前からそこにあって、幾度となく前を通りかかっていたのに、いつも素通りしていた。

外からだとあまり中の様子が見えなくて、勝手に違う感じの店を想像していた。

でも、ある冬の日、ふと入ってみようと思って中に入った。

そして、驚いた。

ものすごくすてきな、私好みのチョコレート屋さんだった。

チョコレートはもちろんなのだけど、そのショコラーデンにはいつも数種類のケーキが並んでいる。

そのケーキがまた、とてもおいしい。

いかにもお菓子作りが上手な村のおばあちゃんが日曜日に家族のために作りましたよ、という感じの風情で、とても素朴なのだが、味の基礎がちゃんとしている。

それまでは、別の、もっとかしこまった佇まいのフランス菓子のお店のケーキを贔屓にしていたのだが、こっちを知ってしまったら、もうここのケーキしか食べたくなくなってしまった。

甘すぎないし、軽やかで、明日もまた食べたくなる。

チョコレートケーキも、チーズケーキも、りんごのタルトも、どれもおいしい。

そして、おいしすぎない。(これが、大事。)

難点なのは、いつも並ぶケーキの顔ぶれが違うことで、今日はチョコレートケーキの気分だな、と思って買いに行っても、チョコレートケーキがなかったりする。

中でも、私が密かに幻のみかんケーキと呼ぶケーキがある。

たまたま買ってみたら大当たりで、私はすっかりみかんケーキの虜になった。

クリームは、バタークリームと生クリームの間くらいで、ほのかに酸味もある。

いつも思うけれど、ドイツのバタークリームはとてもおいしい。

私は子供の頃からバタークリームのケーキがとても好きなので、ドイツでは基本がバタークリームだから願ったり叶ったりだ。

そこに、スポンジとみかんが挟まっていて、外側をアーモンドスライスが覆っている。

一度、やった！　またあった！　と思って買ってきたら、外側はアーモンドスライスで一緒なのだけど、中が違った。

余談だが、ドイツのみかんがこれまたおいしい。

みかんとオレンジの中間的な存在で、わが家では「おれかん」と呼んでいる。

子供の頃、みかんはダンボールで買うもので、冬といえばコタツにみかんが定番だったけど、大人になってこんなにみかんを食べたのはこの冬がダントツでナンバーワンだ。

この冬は、ひまさえあれば「おれかん」ばかり食べていた。

幻のみかんケーキには、それが入っている。


つい先日、ゆりねの散歩の帰りにショコラーデンに立ち寄ったら、ガラスケースにあの子を見つけた。

もう、半分あきらめかけていたのだけど、間違いなく、みかんのケーキだ。

家に帰って紅茶を入れ、にんまりしながらフォークを握った。

やっぱり、おいしい。

ペンギンと半分こできないのは残念だったけど。

ぺろりと一人で平らげた。


一体、このケーキはどんな人が作っているのだろう。

期待通りに、少しふっくらして、花柄のエプロンが似合うおばあちゃんだと嬉しいけど。

近所に、ちょっぴりよそゆきな気分にしてくれるすてきなショコラーデンがあるというのは、とても幸せなことだ。

最近は誰かへの手土産も、もっぱらここのチョコレートにしている。

今日は、午後のドイツ語プライベートレッスンがお休みになったので、ゆっくり散歩し、帰ってからラー油を作った。

それから、イケムラレイコさんの本を読む。
彼女は、ベルリン在住の現代美術家で、今、東京の国立新美術館で個展を開いている。
私も行きたかった。
『どこにも属さないわたし』（平凡社）は、とてもいい内容で胸を打たれた。
静かに共感できる言葉がいくつもあった。
生い立ちや考え方など、自分と重なる部分もたくさんある。
ベルリンにいたら、いつかお会いできるだろうか。
世の中には、素晴らしい人がたくさんいる。
今日はこれから餃子を焼いて、ラー油の出来を確かめる予定。
少しずつ、日が長くなってきている。

もうすぐサマータイムに切り替わると、ますます昼の時間を長く感じる。

でも、もしかするとサマータイムが導入されるのも、今年が最後になるかもしれないらしい。

赤ワインを飲もうか飲まないか、今、真剣に頭を悩ませている。

春ですもの。

3月30日

春、春、春、春。

見渡す限り、春だ。

葉っぱの赤ちゃんが、あっちでもこっちでも、かわいい産声を上げている。

新緑って、なんて綺麗なんだろう。

東京の冬しか知らなかったら、こんなふうに春を待ちわびる気持ちも知らなかったんだなあと思うと、感慨深い。

先日、ふらりと入った本屋さんで、本を買った。

初めての、ドイツ語の本だ。

表紙を見た瞬間、思わず家に連れて帰りたくなった。

世界にある80の木を、1本ずつ取り上げた本で、装丁も、中の挿絵もうっとりしてしまう美しさだ。

ドイツには、こういう、自然を扱った美しい佇まいの本が多い気がする。

ちゃんと読めるか自信がないけど、自分で気に入って買った本だったら、辞書を引き引き読むのも、苦にならない。

まずは、一日ひとつの木について、読んでみようと思っている。

今日は、快晴の土曜日だ。

みんなもう昨日から、ワクワクしている。

朝は、豆ごはんを炊いた。

昨日、マルクトに行ったらおいしそうなエンドウ豆があって、思わず買ってしまったのだった。

春といえば、豆ごはん。

週末なので、ちょっと贅沢して魚も焼いた。

先週、魚屋さんから買ってきたサーモンを、酒粕味噌に漬けておいたのだ。

ここのサーモンが新鮮で、やめられなくなってしまったのだが、毎週買いに行くのも大変なので、まとめて買ってきて酒粕と味噌を合わせた漬け床に寝かせておいた。

こっちでは魚焼きグリルなんてないから、それに小麦粉をまぶしてフライパンで焼いている。

お味噌汁は、かき玉汁。

すべて、大好きなものばかりのメニューだ。

私は混ぜご飯を作る時、たいてい、炊きたてのご飯にさらっと胡麻油を回しかけるのだけど（そうすると、時間がたってもご飯粒がふっくらしている）、ペンギンはこれがあまり好きではないので、ペンギンがいる時は控えている。

だから今日は、遠慮なく胡麻油を垂らした。

そして、塩で味付けする。

美味しかったなぁ。

なんてステキな朝ごはんなんだろう。

残った豆ごはんは、おにぎりにして夜のお楽しみ。

サーモンも、一回で食べるのはもったいないので、少し残して、おにぎりに混ぜてある。

だけど、お魚臭いのだけは、どうにもならない。

古いアパートで換気扇もないから、一回魚を焼くと、2、3日、お魚の臭いが残ってしまう。

さぞかし、魚臭い家だと思われているかもしれない。

近所迷惑になっていないか、それだけが心配だ。


今日はこれから、女子会なのだ。

お天気がいいので、今年初、麻のワンピースに袖を通した。

カフェでお茶することになっているけど、新緑を見ながらワインを飲んでしまうかもしれない。

だって、春ですもの。

冬を耐えたご褒美に、少しくらい自分を甘やかしてもいいんじゃないでしょうか。

今日は、今まで滞っていたものが、一気に前に進んだ。

出せないまま停滞していたメールのお返事を書いたり、面倒だと思って棚上げしていた事務仕事を片付けたり。

体の中だけでなく、身の回りもデトックスしなくちゃ。

いらないものは潔く手放して、身軽になって春を謳歌しよう。

ドイツは明日から、夏時間だ。

犬おじさん、たまにおばさん

4月8日

日曜日だったので、ゆりねを連れて湖へ。

行く時は、30分くらいSバーンに乗って行くのだが、電車内が混んでいる時は、踏んづけられないよう、たいていゆりねを膝に抱っこする。

まれに愛犬を座席に座らせている人もいて、特にとがめられたりはしないけれど、それはなんとなく気がひけるので、私は抱っこ派だ。

昨日もそうやって電車に乗っていた。

わりと時間があるので、家から持ってきた文庫本を読んでいた。

すると、ゆりねがもぞもぞ口を動かしている。

何かと思ったら、前に座っているおじさんが、ゆりねにおやつをあげていたのだ。

ゆりねも、嬉しそうにパタパタと尻尾を振って、もっとくれとおねだりしている。

でも、困るのだ。

犬おじさんは悪気があってやっているわけではないとわかっているけれど、ゆりねはアレルギーがあるので、食べ物によっては痒みの症状が出てしまう。

普段から食餌に気をつけて、やっとやっと、最近になってカイカイが収まってきた。

もし、犬おじさんがひとこと声をかけてくれたら、「お気持ちは嬉しいのですが、この犬にはアレルギーがあって」などと説明できるものを、勝手にあげられてしまっては、防ぎようがない。

しかも、ゆりねは大喜びしているから、相手はもっともっとあげたくなる。

その点、子どもの方がよっぽどマナーがしっかりしている。

ドイツ人の子どもは、必ず、まず最初に飼い主に「なでていいですか？」と質問するし、いいよ、と答えると、必ず、自分の手の匂いを犬にかがせて、ちゃんと挨拶してから犬に触れる。

これはもう、本当に見事としか言いようがない。

概して何の断りもなくおやつをあげたりするのは、年配の人に多いようだ。たまにおばさんもいるけれど、おじさんの方が多いような気がする。

犬おじさんは、ポケットにいつも犬のおやつを忍ばせていて、犬を見つけると、それをあげるのを喜びとしている。

気持ちはわかるし犬が好きだから憎めないのだけど、アレルギー持ちの犬もいたりするから、やっぱり一言断ってほしい。

それに、本当にこれは滅多にないことだろうけど、毒入りのおやつとか、愉快犯とか、絶対にいないとは限らない。

でも、万が一そんなことで命を落とすようなことになったら、悔やんでも悔やみきれないだろう。

きっと、同じような不安は、人間の子を持つ親にも当てはまるのだろうと思う。

たいていの人は良かれと思って親切心でおやつをくれたりするけれど、けれど、万が一、を想像してひやりとすることは、あるんじゃないかな?

大人だって難しいのに、子どもや、まして犬に、相手の良し悪しを見かけだけで判断するのは至難の技だ。

私が日本に帰っている間、ゆりねを預かってくれるシッターさんの家の近所にも、ゆりねのことを待っている犬おじさんがいたという。

毎回おやつをあげようとするので、毎回止めていたら、「だったら何だったら食べるの？」と聞かれて、「りんご」と答えたら、以降はりんごの小さく切ったのをタッパーに入れて、ゆりねを待ってくれていたらしい。

そういう犬おじさんだったら、いいんですけど。

随分前に、私がまだ全然ドイツ語が話せなかった頃、犬おばさんがゆりねにおやつをあげてしまったことがあった。

ただ、ゆりねは添加物がたくさん入っているものは普段食べないせいか、体が受け付けないので、すぐにオエーと吐いていた。

それはそれで何だか申し訳なく、そそくさと犬おばさんの前から離れたっけ。

犬のおやつひとつにしても、なかなか難しいご時世だ。

湖の周りは、すっかり模様替えして春一色に染まっていた。

思い思いに、湖畔でピクニックや読書を楽しんでいる。
中には、すでに水の中に入って遊んでいる若者もいた。
日差しが、とても温かかった。

帰り道、近所でアイスでも食べて帰ろうかと思ったら、長蛇の列で断念。
そのまま家に戻って、ビールで乾杯した。
アイスとビールのおいしい季節になった。

花屋さんで見かけたチューリップ。
あんまりきれいだったので、つい買ってしまった。

ファーブルトン　4月16日

ペンギンからのメールで、パリのノートルダム大聖堂が火事になったことを知る。

まさか、と思って調べたら、本当に大聖堂が燃えている映像が出てきて悲しくなった。

あの大聖堂って、本当に美しいのだ。

まるで、巨大な生き物みたいに見える。

パリに行けば必ずと言っていいほど、訪れていた。

すぐ近くに葡萄棚のある広場があって、そこで何時間も読書したのだって、つい数年前のことだ。

私ですらこんなに悲しいのだから、パリっ子の悲しみはどれほどだろう。

なすすべもなく、炎を上げる大聖堂にただただ呆然と見入る人々の姿が印象的だった。

きっと、フランス中の人たちが悲しんでいるに違いない。

テロではないらしいことだけが、救われる思いだ。

もし同じことが日本で起こるとしたら、どんな感じなんだろう、と想像した。

浅草の雷門が燃えるのとも違うしなぁ、鎌倉の大仏さまが燃えるのとも違うしなぁ、と思いを巡らせながら、ふと、富士山の一部が壊れるとか、そういうのに近いんじゃないかと思い至った。

それくらい、ノートルダム大聖堂はフランス人にとって、心の拠り所になっていたんじゃないかと思う。


初めてパリに行ったのは、二十歳くらいの頃。

初めてのヨーロッパが、パリだった。

ツアーの旅で上の姉と参加したのだが、今から思うと、宿泊したのはかなりパリの外れにあるホテルだった。

それでも、初めてのパリ！　に浮かれていた私は、目にするものすべてが美しく感じられて、興奮していた。

パリに着いてすぐ、ホテルのそばのスーパーにひとりで入って、ドキドキしながらお菓子を買って部屋で食べたのを覚えている。

その頃のお金はまだ、ユーロにもなっていなかった。


その時に買ったのが、ファーブルトンだ。

その時は、そんな名前であることも知らなかったけれど。

ファーブルトンは、プリンみたいな味の、モチっとした弾力のあるお菓子で、ブルターニュ地方の郷土菓子。

たいていは、中にプルーンが入っている。


冷蔵庫に、ふだん使わない牛乳がまだたくさん余っていて、何か作れないかなぁ、とお菓子の本のページをめくっていたら、ファーブルトンの作り方が出ていた。

しかも、バターも使わず、今、家にある材料だけで作れる。

だから、ファーブルトンを作ることにした。

燃えてしまったノートルダム大聖堂に祈りを捧げながら。

あまりに観光すぎて、大きな声では言えないのだが、私はセーヌ川下りが好きで、パリに行って時間がある時は、必ずと言っていいほどセーヌ川下りを楽しんでいる。

そうすると、たいていは大聖堂の辺りを通って、その先で向きを変える。

前から、横から、後ろから、といろんな角度から大聖堂を見ることができ、それはそれは圧巻なのだ。

前から見る優雅な姿と、後ろのグロテスクな感じは、全然違う。

周りはパリっ子たちの憩いの場になっていて、大聖堂に吸い寄せられるように、川沿いに人々が集っている。

その光景を船から眺めるのが好きだった。

先日、ベルリンのカイザーウィルヘルム記念教会で行われたレクイエムのコンサートに行ってきた。

この教会は、ドイツの原爆ドームとも言われていて、第二次世界大戦の際の爆撃の跡が、そのままの形で残されている。初めてその姿を目にした時、本当に衝撃的だった。

コンサートは、戦後、新しく建設された新教会のホールで行われたのだが、そこは青い色の四角いガラスが壁一面に張り巡らされている。

2万枚以上の青いガラスが使われているそうで、中にいると、不思議な安らぎを感じる空間だった。

音の響きが良くて、コンサートは素晴らしく良かった。


ノートルダム大聖堂は、もうすでに再建計画が持ち上がっているという。

とても古い歴史のある大聖堂の一部が焼失してしまったことは残念でならないけれど、今後、フランス人がそれとどう向き合い、再建していくのか、フランス人のセンスとエスプリの見せ所という気がする。

そして、新たな姿でよみがえるノートルダム大聖堂に再会できる日を、楽しみにしている。


週末、ベーコンとアスパラガスのキッシュを焼いた。

フジコさんと、桜の木の下で　4月19日

ただいまドイツは、復活祭のため四連休。

土日を挟んだ、金曜と月曜がお休みになっている。

ということで、私はせっせと映画三昧だ。

『華氏119』『子どもが教えてくれたこと』『旅するダンボール』と立て続けにドキュメンタリー映画を見る。

今日見たのは、『フジコ・ヘミングの時間』。

フジコ・ヘミングさんがプロのピアニストとして活動できるようになったのは、人生の晩年を迎える頃から。

ピアノ教師だった母親から英才教育を受けるも、ピアニストになることはなかなか叶わな

かった。

人生の半ばで、聴力を失うというアクシデントにも見舞われた。

それが、深夜に放送された彼女のドキュメンタリー番組がきっかけで脚光を浴びるようになり、今は、世界中でコンサートを開いている。

実年齢は80歳を超えているけれど、本人は、「16歳くらいの気分よ」とのこと。

マネージャーはつけずに、全部ひとりで決めて、行動している。


たとえば、バイオリンやトランペットなど大方の楽器だったら、すべての癖を知り尽くした自らの楽器を持って演奏旅行に行ける。

けれど、ピアノの場合そうはいかない。

その会場に用意された、与えられたピアノで演奏をするしかない。

それは、想像以上に大変なことだ。


ブエノスアイレスで用意されていたピアノは、子どもが練習用に弾くようなピアノで、フジコさんの理想とする音色とは程遠かった。

それでも、すでにチケットを買って楽しみにしている人たちがいるし、代わりのピアノを用意することもできないとなると、そのピアノで演奏するしかない。

フジコさんは、全く納得がいかない様子だった。

その日のために、練習に練習を重ねて、コンサートを迎えるのだ。

もしかすると多くの人には音の違いはわからないのかもしれない。

そんなの、どうでもいいと言う人だっているかもしれない。

でも、聞く人が聞いたらわかるし、そもそも、納得のできない楽器で演奏するというのは、フジコさんの本意ではない。

そのことに苦悶するフジコさんの姿がとても印象的だった。


フジコさんは、ベルリンで生まれた。

その後、母親の母国である日本に行くも、30歳で再びベルリンへ留学し、音楽を学ぶ。

今は、年の半分ほどをパリのアパートで過ごしている。

他にも、サンタモニカや京都に家がある。

ツアーでパリのアパートを長く留守にする時は、ベルリンの友人に犬を預かってもらっているそうで、映画には、ベルリンにある生家や学生時代の下宿先を訪れるシーンもある。

フジコさんの愛情の深さが、きっと音に表れるのだろう。動物を愛して、人を愛して、命あるすべてのものに惜しみなく愛情を注ぐ。

道端で出会うホームレスの人たちに、さりげなくお金を渡す姿が素敵だった。

きっと、ご自身が辛い経験をたくさんされたから、他者に対しても優しくなれるのだろう。


フジコさんの演奏を聞いたのは一回しかないけれど、確かに素晴らしかった。

死にものぐるいで弾く、とフジコさんは語っていた。

まさに、その言葉通りの演奏だった。

いつか、ベルリンでもコンサートがあったらいいのにな。

生きていることの愛しさと素晴らしさを教えられた気がする。


それとは反対に、『華氏119』は、まさに憤りが炸裂するような内容だった。

この映画を制作したマイケル・ムーア氏に、心から感謝したい。

結局のところ、トランプ氏が大統領選に立候補したのは、単なる彼のおふざけだったのではないのか。

それを、面白おかしく報じて視聴率だけに目がくらんだメディアの責任も大きいし、民主党のやったこともはなはだおかしい。

フリント市で起きた水の汚染についても、ゾッとした。

経済を最優先した結果、ミシガン州フリント市の水に鉛が混入し、多くの市民が体調不良を訴えるという事態になった。

水道水に鉛が入っているなんて、とんでもない話なのに、そんなとんでもないことが、先進国とされているはずのアメリカで実際に起きてしまうのだ。

世界中で、民主主義が機能しなくなっていることは、本当に本当に深刻な事態だと改めて思った。

さーて、今日はこれから市民農園に、野菜の種蒔きに行ってこよう。

本日も、晴天なり。

ただ今、ベルリンは花盛り　4月21日

四連休の最終日。本日も、大晴天。

午前中は文庫のゲラを読み、その後、シャケと玄米を食べてから、12時スタートのホットヨガへ。

汗が出る、出る。

夏の間はサウナの昼の部がなくなるので、これからはせっせとホットヨガだ。

これで、肩凝りがだいぶ楽になる。

ホットヨガから帰ったら、あまりにお天気がいいので公園で過ごすことにした。

日本からまとめて送られてきた読者の方からのお手紙を持ち、公園へ。

おやつは、ホットヨガでもらってきたリンゴ。

池の前に敷物を広げ、手紙を読む。


本当に、一通一通が、心にしみる。

なんだか、読者の方と文通しているみたいだ。

ふと顔を上げれば、満開の八重桜の花びらがはらはらと散っていて、池のほとりには美しい鷺が佇んでいる。

皆さん、思い思いに日光浴やピクニックを楽しみ、途中、公園でトランペットの演奏をする人もいて、なんだかものすご―く平和だった。


今日いただいたお手紙の中に、こんなメッセージがあった。

「のんびりとしたペースで結構ですから、いい本をお書きになることを期待しております。」


涙が出そうになっちゃった。

読者の方からこんなに優しい言葉をもらえる私は、つくづく、恵まれている。

どのお手紙も、もちろん読者カードも、本当に励まされる。

本来ならお一人お一人にお返事を書きたいのだけど、それは現実的に難しいので、そういう気持ちを込めて、私は作品を書いているつもりだ。

いつも、温かく見守ってくださって、本当にありがとうございます！

今日はこれから、エビとマッシュルームのパスタを作って食べよう。

先日、公園で拾ったという銀杏をもらったのだけど、それがめちゃくちゃ美味しかった。

ただ今、ベルリンは花盛りだ。

皆勤賞　4月27日

2月の第2週から、週2回通っていた夕方からの90分間のドイツ語コースが、今週、無事に終了した。

めでたく、皆勤賞だ。

これには、自分でも、よくやったなぁと思う。

スタート時は16人くらいいた生徒が、最終日にはたったの3人に減っていた。

コロンビア出身のフレデリコと、ポーランド出身のピヨートル。

最後はほぼプライベートレッスンのようになって、良かったけど。

私の他にもうひとりいた日本人の女性は、最初の3回くらい出席しただけで、もう来なくなった。

いろいろ事情はあると思うけれど、せっかく授業料を払ったのに、途中で来なくなるなんてもったいないなぁ、と思う。

まぁ、話を聞くと、たいていのドイツ語コースは、人数が激減していくらしいのだが。

皆勤賞のご褒美に、今シーズン初のイチゴを食べる。

春だなぁ。

イチゴに、ヨーグルトと蜂蜜をかけ、思う存分、春の味を堪能した。

春の味といえば、ホワイトアスパラガスの季節も到来だ。

初めてベルリンを訪れた時が、ちょうどホワイトアスパラガスの最盛期で、シュニッツェルの付け合わせに、山盛りのホワイトアスパラガスがついてきた。

あれからもう11年だ。

ホワイトアスパラガスが、年々好きになる。


昨日、マルクトで週末用のホワイトアスパラガスを買ったら、お店の人がちょっと不可思議な表情を浮かべていた。

おそらく、私が買った「5本」という数に、納得がいかなかったのだと思う。

そんなにちょっぴりでどうするの!?!　という感じだった。

でも、むっちりしているホワイトアスパラガスは、5本でちょうどいい量だ。

うっかり外でホワイトアスパラガスを注文すると、どっさり盛られてくるので、それこそ食べきれない。


以前は、こっちの人の茹で加減が、あまり好きになれなかった。

とにかく、ふにゃふにゃになるまで熱を加えるのだ。

でも最近は、固すぎるよりは、しっかり熱が加えてある方がいいかも、と思うようになった。

きちんと火が通っていないアスパラガスは、妙に青臭くていただけない。

それよりは、しっかりと火が入っていた方が、甘みが引き出されておいしく感じる。

アスパラガスは卵との相性がとてもいいので、私はもっぱら、ポーチドエッグを添えて食べている。


だけど、私がもっとも好きなのは、ハムとのマリアージュだ。

薄ーく薄ーく切ってもらったハムを、あつあつのホワイトアスパラガスに巻いて食べる。

これはもう、私にとっての勝負アスパラガスなので、いざという時のためにとってある。

今日は、最初のドイツ語コースで一緒だったステファニーと、ギャラリー巡りへ。

カナダ出身のステファニーは、自然と融合するような美しい作品を生み出すアーティストだ。

彼女が連れて行ってくれたGropius Bauでの展示がとても良かった。

現代アートは、たまにわからなすぎてイライラしてしまうのだけど、今回の展示はどれもまず美しさが先に立っていて、見ていてとてもリラックスできた。

そして、この建物自体がとても魅力的で力があり、こういう場所に展示される作品も、アーティストも幸せだろうと思った。

途中、ステファニーが何度も、私もこういう場所で作品を展示したいと悔しがっていた。

私は、いつかそういう日が来ると信じている。

ステファニーとの会話は、ドイツ語だ。

以前は2、3歳くらいだったのが、今日は5歳くらいだね、と言って笑いあった。

そんなにすぐには上達しないけれど、まぁ確かに、2年前のあの頃から比べれば、お互い、成長しているのだろう。

ステファニーと別れてから、家に帰ってマッシュルームのスープを作った。作っている間、以前焼いたキッシュを冷凍庫から出して、オーブンで温める。晩ご飯の支度をしながら、ピアノの演奏を聞く。


なんだか、春という季節が愛おしくて愛おしくてたまらない。

よく考えると、これまで春は、私にとって鬼門だった。

花粉症で苦しんだり、結構、体調を崩しやすくて春にはあんまりいい思い出がなかったのだ。

2年前の春は、ベルリンに来たばかりで、原因不明の咳と洟に悲鳴をあげていたし、去年も、どんな春を過ごしたのか、あまり記憶がない。

でも今年の春は、幸せに満たされている。

花が咲くのを見て喜び、鳥の声にうっとりして、春はなんて美しいのだろう、とため息の連続だ。

春を、こんなふうに満喫している自分自身に、驚いている。

サボテン愛　5月5日

いつからこんなに好きになってしまったのかわからないのだけど、タイプの子を見ると、つい、家に連れて帰りたくなってしまう。

結果として、なんだか似たような姿形のサボテンたちが増えていく。

サボテンが、こんなに愛嬌があるとは思っていなかった。

以前は、あまり日が当たらない寝室の窓辺に置いていたので気づかなかったのかもしれない。

けれどここ数ヶ月間、日当たりのよい場所に移動してあげたら、みるみる赤ちゃん（？）が増えるようになった。

最初は、ほんの小さな粒だった赤ん坊が、すくすくと成長している。

以前撮った写真と較べても成長は明らかで、まるでおばあさんの乳首のように、どんどん広がっていく。

しかも、サボテンたちは、活発に動く。

太陽の動きに合わせて、文字通り太陽光パネルみたいに、角度を調節しているのだ。

その動きは本当に見事で、なるべく多くの光を浴びようと、自らのパネルの角度を動かしている。

上から見ると、千手観音みたいだなぁ。

ラジオ体操さながら、体を反らせたり、逆に前屈みになってみたり。

かわいい。超かわいい。そして、とても賢い。

日が沈むと、お辞儀をするみたいにうなだれて、次の日の朝が来るのをじっと待っている。

いつか、この子たちにも花が咲いたりするのだろうか。

サボテンって、本当にけなげな植物だ。

日本は、明日までゴールデンウィークだとか。

遠くから見ていて感じるのは、社会の構造そのままで休みだけ増やしても、その中には休めない人もいるだろうし、会社勤めの人でも、逆にその前後にしわ寄せがいって結局のところ過労から抜けられないのではないだろうか、ということだ。

私にとって、元号が変わることはほとんど意味を持たないけれど、それすらも経済活動に結びつけて、あの手この手で物を買わせよう、消費させよう、とする商売魂は、本当にたくましいなぁと感心する。

ドイツの場合、子どもたちの夏休みは州によってずらして設けられるから、それに合わせて親も休みを取るそうだ。

そうすることで、人の移動を段階的にし、渋滞や混雑を緩和することができる。

祝日も、州によって違ったりする。

10連休中お店で働く人なんかは、きっと今頃クタクタになってしまったのではないだろうか。

今日はこれから近所の蚤の市に行って、30センチ四方の天板がないか、物色しにいく。

ロールケーキを焼きたくなったので。

日本にはあってこっちでは見かけないもののひとつが、ロールケーキだ。
ないのなら、作るしかない。
それから、花瓶に活けるお花も買ってこよう。
明日は母の誕生日だ。
あの世とこの世で、母とこれほど親しくなれるとは、正直、私がいちばん驚いている。

苺のサラダ　5月12日

苺の季節になった。

数日前から恒例の苺屋台があちこちに立ち、真っ赤な苺が並んでいる。

個人差もあるだろうけど、わたしは、日本にいる時よりもドイツにいる時の方が、季節を感じる。

その時期にしか出回らない「旬」がはっきりしているのは、ドイツの方かもしれない。

中でも筆頭は苺だ。

日本にいると、ほぼ年中苺を見かけるけれど、こちらでは、まさに今しか出回らない。

町をあげての苺祭りのようで、それはそれは楽しいのだ。

この時期、苺を手にして歩いている人を、よく見かける。

昨日、満を持して、苺屋台へ苺を買いに行ってきた。

250gひとパックが2・5ユーロなのだけど、この日は母の日スペシャルで、3パックで6ユーロ。

夜、お客様だし、思い切って3パック買った。

苺は、ゆりねも大好きだ。

昨日は夜、女子会だった。

わたしも含め、全員アーティストというのがいかにもベルリンだなぁ。

メインはキッシュで、最近、キッシュにはまっている。

理想のキッシュを追求すべく、何かと機会を見つけては、キッシュを焼いているというわけだ。

キッシュで難しいのは、台の形成だ。

小麦粉と卵の黄身と水とバターで台の生地を作るのだが、焼いた時にヒビが入ったり割れたりすると、そこに液体を流し込んだ時、それが流れ出てしまう。

だから、丁寧に台を作ることが、とても大事。

見た目は華やかなキッシュだけど、実は、それほど難しいわけではない。

ただ、ある程度時間がかかるので、余裕を持って作る必要がある。

おそらく、時間に追われて焦って作ろうとすると、途中、良からぬアクシデントが待ち構えている。

生地は、だいたい前の日に仕込んでおいて、一晩、冷蔵庫でじっくり休ませるのがベスト。

いくつか工程があって一気には作れないものだけど、計画的にちょこちょこと手を加えていけば、確実にできるのがキッシュだ。

昨日は、今が旬の行者ニンニクの葉っぱと、マッシュルーム、それにハムを細かく刻んで具の中身にする。

気をつけたわりに、台に何箇所かヒビができていて泣きたくなったけれど、なんとかこれを塞ぐ方法はないだろうかとあれこれ知恵を絞り、「そうだ、昨日オーブンで焼いた里芋が残ってたっけ！」とひらめいて、里芋で傷を補強する作戦に出た。

それでなんとか、難を逃れた。

ただ、キッシュの怖いところは全部が焼けるまで味見ができないことで、ここまで手塩にかけて作ったキッシュの味がイマイチだと、本当にしょんぼりしてしまう。

昨日は特にお客様ということもあり、かなりドキドキだった。


前菜は、苺のサラダ。

苺とブルーベリーを、オリーブオイルとバルサミコ酢でマリネして、最後にコショウを少々。

これで、春爛漫のすてきなサラダができる。


続いて、これも今が真っ盛りのホワイトアスパラガス、ハム添え。

わたしは、ホワイトアスパラガスの食べ方としては、これが一番好きだ。

うすーく切ってもらったハムを、茹でたてのあつあつホワイトアスパラガスに巻いて食べる。

昨日は奮発してイタリアの生ハムも用意したのだが、わたしはやっぱり、加熱してあるドイツのハムが好きだなぁ。

マルクトで、ムッチムチのホワイトアスパラガスを17本買ってきたのだけど（ひとり4本のつもりが、一本数を間違えて伝えてしまった）あっという間に4人のおなかにおさまった。

わたしにとって、この一皿は、ごちそう中のごちそうだ。


そして、キッシュの登場。

自分で言うのもなんだけど、なかなか上手に焼けていた。

もしもうまく出来ていなかったら、急いで近所のレストランに助けを求め、ピザでも買って来なきゃ、と思っていたので、とりあえずホッとする。

4人いると、大きなキッシュもあっという間になくなるからすごい。


今朝は、女子会の余韻に浸りながら、キッシュの残り一切れを朝昼ご飯にする。

なんとも幸せな朝（お昼）！

次は、どんなキッシュを焼こうかしら？

最近、料理脳が活発になっている。

旅支度

5月15日

明日からイタリアに行くので、今日は一日、旅支度をするのに忙しかった。

今回は、ボローニャへ。

ボローニャ大学で行われるNIPPOPというイベントにゲスト参加するのだ。

ボローニャは、大好きな田舎のレストランに行く時にそこからタクシーに乗るので駅は何度も降りたことがあるのだけど、町を歩いたことはなく、初めてだ。

どんな町なのだろう。

ベルリンからボローニャまでは、飛行機で1時間ちょっと。


毎回悩むのは、ベルリンからのお土産を何にしようか、ということで、日本に帰る場合はいろいろ思い浮かぶのだけど、さて、同じヨーロッパ内でのお土産となると、なかなか厳しい。

何人かに聞き取り調査してみたら、バウムクーヘンとか、お茶とか、チョコレートという声が多かった。

その中で、断然マジパン！　というアドバイスがあり、どうやらベルリンに、めちゃくちゃおいしいマジパン専門店があるらしいのだ。

ということで、今回はマジパンをお土産にすることに決めた。

ゆりねの散歩も兼ねて、西側のマジパン屋さんまで、てくてく。

でも私自身が、まだマジパンのことをよく理解していない。

クリスマスに食べるドイツ菓子のシュトレンにはマジパンが入っていて、確かにおいしいのだけど、果たしてあれだけをモリモリ食べるというのはどうなんだろう？　というのが正直なところ。

でも、おいしいものをよーく熟知している先輩が、マジパンを薦めてくれたのだから、きっとおいしいに違いない。

もちろん自分用にも買ってみることを楽しみにして、昨日から、どのタイミングで食べようか、お茶は何にしようか、などと想像を巡らせていた。

ところが、お店に行ったらやっていない。

ちょうど臨時休業に重なってしまい、マジパンは外からショーケースに並んでいるのを見るだけになってしまった。

せっかくわざわざ西側まで出向いたのに、しょんぼり。


気を取り直して、もうひとつ、マジパンをチョコで包んだお菓子を売っている店を思い出し、今度はその店を目指しててくてく。

ところが、なんとこっちは別のチョコレート屋さんに変わっていた。

2軒連続で振られてしまった。


結局、いつも行くお茶屋さんで、日本茶をゲットした。

それから、近所のチョコレート屋さんの生トリュフも、少々。

イタリアにもおいしいチョコレートはたくさんあるし、向こうの方が本場なのにチョコをお土産にするというのもどうかと思うけど、今回はマジパン屋さんがお休みだったので、仕方がない。

日本へのお土産では、よくドイツパンを持って帰るのだけど、イタリアの人はきっとイタリアのパンが好きだろうし、ソーセージやサラミだって向こうにもおいしいのが山ほどあるし、やっぱり難しい。

バウムクーヘンは、日本では一般的だけれど、おそらくヨーロッパの人は知らない。

ドイツ人でも知らない、っていうんだから。

それに、バウムクーヘンがおいしいのは、ドイツより日本だ。


そんな訳で、お土産を買いに行ったつもりが、ゆりねの長い散歩になってしまった。

そして家に戻ってから、ボローニャのことをあれこれ調べたり、なんだか一日バタバタしていた。

丸一日フリーの日があるので、その日はフィレンツェに行ってこようと思っている。


それにしても、ここ最近、パスタばっかり食べている。

明日からパスタ三昧だというのに、今夜もパスタだった。

里芋と豚ひき肉を使ったショートパスタ。

パスタって、本当においしいし、飽きない。
明日から、全部の食事をパスタにしたいくらいだ。

4泊5日の短い旅だけど、その間家を空けるとなると、冷蔵庫を一旦空っぽにしたり、鉢植えで育てているネギを刈り取ったり、洗濯したり、植物に水をあげたり、やることがたくさんある。

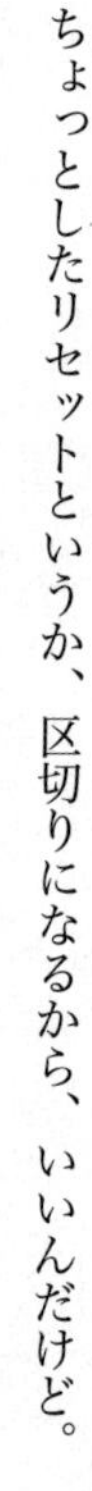

ちょっとしたリセットというか、区切りになるから、いいんだけど。

雨のラヴェンナ

5月27日

日曜日の午前中は、半日だけフィレンツェへ行ってきた。

ランチを食べに、市場のそばのカフェを目指す。

着いたのは、最高にわたし好みの、年季の入った渋いカフェだった。

毅然とした態度のマダムが、テキパキと店を仕切っている。

ちょうどお昼時で、店の中はお客さんが溢れていた。

ランチを食べたいと言ったら、急遽、トイレの入り口の前に衝立を置いて、席を作ってくれた。

いつもなら、トイレの前の席は絶対に嫌なのだけど、衝立がひとつあるだけで気分が違ってくる。

そういう気配りが、とても嬉しい。

なんだかワクワクしてしまい、お昼間から、しかも夕方からひとつ仕事があったのだけど、プロセッコを頼む。


予想以上の量が出てきて驚いたけど、店の雰囲気は最高だし、続々と近所の人たちが来て、そのたびにマダムは親しげにハグをしているし、厨房からは次々とおいしそうな料理が出てくるし、映画の中の世界に迷い込んでしまったようで、とっても幸せになってしまったのだ。

こういうの、好きだよねー。

と、何度ももうひとりの自分と会話する。

だって、本当に温かくて、いい雰囲気だったから。

この店なら、たとえ苦手なトイレの前の席だって、何時間もこうしていられる。


料理は、パスタだけにした。

前菜の盛り合わせも気になったものの、最近、そんなに量が食べられなくなった。

3種類あった本日のパスタの中から、わたしはトマトソースのショートパスタにする。

夢中でパスタを食べる間も、続々とお客さんが入ってくる。

こんなカフェが近所にあったらなぁ。

もう少しこの場所にいたくて、食後のデザートとカプチーノを頼んだ。


ずっと、そのお菓子が気になっていた。

持ってきてくれたマダムに名前を聞いたものの、どうしてもよくわからない。

ただ、マダムがしきりに、自分の目を指差していた。

サクッとして、間に挟んでいるジャムが甘酸っぱい。

もっと重たい食感かと想像していたら、見事に裏切られた。

とても、軽やか。

これなら、もう1枚くらい食べられそうだ。

そして、カプチーノのおいしいこと。

最初、スチームミルクが来ちゃったのかと思うくらい、牛乳がたっぷりで、その牛乳の泡が、まるで上等のマットレスみたいに弾力がある。

ユーロの10セント硬貨くらいなら、表面にのりそうな感じだった。

その泡の層の下に、濃厚なコーヒーがほんの少し入っていた。

ほほー、これが本当のカプチーノなんだな、と納得した。

それにしても、隣に座っていたおばあちゃまがお洒落だった。

旦那さんらしき男性と一緒に来て、飲み物だけ頼んで帰ったのだけど、ポシェットがさりげなくシャネルで、本当に似合っていた。

あまりに素敵だったので、失礼して、写真をパシャリ。

後でイタリア語のわかる方に聞いたら、お菓子の名前は「オッキオディブエ」で、日本語に訳すと「牛の目」だという。

なるほど〜

確かに、ぬらぬらしている感じが、牛の目にそっくりかもしれない。

ホワイトアスパラガスのおいしい食べ方

6月5日

最近よく、週末になると女子会を開いている。

たいていは土曜日の夜にお客様をお呼びするので、その日は朝から買い出しに行って、一日、料理を作って楽しんでいる。

そんなに手の込んだ料理を作るわけではないけれど、だんだんこっちの食材に慣れて、わりと自由に料理を作れるようになったことが嬉しいのだ。

マルクトで見つけたのは、切り落としのホワイトアスパラガスだった。

店頭で売られているのは、ほとんどがまっすぐなままのアスパラガス。

けれど当然、途中で折れてしまうのもあるわけで、その八百屋のおばさんは、そういうのを集めて、安く売り出していたのだ。

その日はホワイトアスパラガスのスープを作る予定だったので、どうせ形がわからなくなるし、折れていても全然構わない。

渡りに船とはまさにこれだ！　と思い、切り落としの方のホワイトアスパラガスを大人買いした。

確かに、こっちの方がずーっとお得である。

家に戻って、ひたすらひたすら皮を剝き、その皮を茹でた汁で、ホワイトアスパラガスを茹でる。

けれど、スープにするには、幾分量が多かった。

それで、ふとひらめいて、今まで一度もやったことはないけれど、残りをお浸しにすることにした。

お客様の時は、昆布と鰹節から引いた出汁を用意しておくのだが、この出汁を塩などで味を調え、そこに茹でたホワイトアスパラガスをひたして冷蔵庫で寝かせておく。

ホワイトアスパラガスは繊維が強いので、たっぷりと長めに茹で、柔らかめの方がいい。

そして、必ず一度冷蔵庫で冷やすこと。

箸休めのつもりでちょこっと出したホワイトアスパラガスのお浸しが、結果的にはその日一番の好評を博した。

ホワイトアスパラガスの繊維の間に、じんわりとお出汁が染み渡り、ホワイトアスパラガス本来の甘みと毅然とした和風出汁の香りが合わさって、えもいわれぬご馳走になっている。

ブラボー、と叫びたくなる美味しさだった。

他にも、生の杏を使ったマリネや、牛タケノコ、ホタテと海藻のタイ風ソテーなど。

女子4人でワイン片手にわいわいやっていたら、気がつくと12時半を過ぎていた。

デザートは、お土産にもらった野菜のケーキで、見た目も美しく味も繊細でびっくりした。

こんなケーキがベルリンでも食べられるようになったとは！

ケーキといえば、わたしが最近はまってよく作っているのは、スポンジケーキだ。

もう20年くらいも前にトライして大失敗し、スポンジケーキは難しい、と思い込んでいたのだけど、作ってみたら意外と簡単だった。

しかも、だいたいいつも家にある材料だけで作れるから、思い立ったら即焼けるのがいい。

この生地を、四角い正方形の天板に流し込んで焼き、それにクリームを巻けばロールケーキができるのだけど、まだいい具合の天板が見つからなくて、ロールケーキはお預けになっている。

ドイツにロールケーキがないから、ロールケーキを作る道具も、存在しないのかもしれない。

天板は、気長に探そうと思っている。


それにしても、暑いのだ。

ついこの間まで暖房をつけていたというのに、いきなり猛暑日になった。

一昨日は35度。昨日も今日も、気温は30度を超えて、外に出ると熱風が吹いている。

季節は、苺から生の杏へ移行したと思っていたら、もうスイカだ。

今週は、スイカを持って歩く人をたくさん見かける。

わたしはもう少し、生の杏の季節を楽しみたいんだけどなぁ。

さまよう人たち　6月16日

中国人のアーティスト、アイ・ウェイウェイ氏が撮ったドキュメンタリー映画を見た。タイトルは、『ヒューマン・フロー　大地漂流』。

彼は、世界中の難民キャンプを訪れ、難民たちの声に耳を傾け、その現場を映像におさめた。

自分自身も、中国政府を批判した見せしめに、身柄を拘束されたりパスポートを没収されたりした経験があるから、難民に対してもこころを寄せることができるのだろう。

今は、ベルリンに拠点を移して、活動しているとのことだった。

難民と言っても、気候変動によるものや紛争、貧困など、国を追われる理由はいろいろある。

これ以上破壊できないくらい粉々に破壊された町の跡が、痛々しかった。

ある、片手を失った男性は、ISの戦闘員でなければ、病院で治療を受けることも薬をもらうこともできないのだと嘆いていた。

世界最大の監獄、天井のない監獄と言われるガザに住む若い少女たちは、ガザを出たいのではなく、ただ好きな時に出て、世界を旅して、また好きな時に帰りたい、それがしたいだけだと言っていた。

彼らは何も、ものすごく大きな家に住みたいわけでも、大金を手にしたいわけでもなく、ただ、毎日食べ物に困らず、家族とともに、安心して笑顔で過ごすことを願っている。

そんな、人としての基本的な幸福すら奪われ、着の身着のまま、命からがら逃げる。

子どもが、生まれる親を選べないように、生まれる国もまた、選ぶことができないのに。

難民の数は、過去最多となっているそうだ。

そして、それにともなって、世界中に建設された「壁」の距離も、どんどんどんどん長くなっている。

壁によってもたらされる平和は、所詮、かりそめの平和にしかならないと思うけど。

世界中で、本当に本当に一握りというか、数えられるほど限られた人だけが巨額の富を独占し、そんなお金どう考えたって使い切れるわけないのに懐に溜め込む一方、世界中の多くの人たちが、貧困にあえいでいる。

そこに溜め込んでいるお金を、こっちの人たちに分けてあげれば済む話なのに。

この不均衡というか、不平等は、なんなんだろう。

難民となった人たちは、平均すると25年、そういう生活を余儀なくされるとのこと。

人としての尊厳や誇りを持ち続けることが、とても大事なのだと、ある難民支援に携わる女性が話していた。

これから気候が厳しくなったら、ますます、人が快適に生きられる場所は少なくなる。

食料や水を求めて、命を奪い合う過酷な時代が来るのを想像すると、恐ろしい。

とにかく、このままでは絶対にいけないと思った。

日本にいると、難民という生き方を強いられた人たちが遠い存在に思えるけれど、ヨーロッパでは、もっと身近な問題だ。

わたしは、最近日本語でよく見聞きする、「ランチ難民」とか「買い物難民」とか、○○難民という表現が、気になって仕方ない。

もっと、当事者の苦悩に寄り添うべきじゃないだろうか。

そして、自分は幸い、日本という国に生まれて恵まれた生活を送っているけれど、もしかしたら自分も難民にならざるをえなかったかもしれない、そのことを忘れてはいけないと思った。

とてもいいドキュメンタリー映画だったので、ぜひ、多くの人に見てほしい。

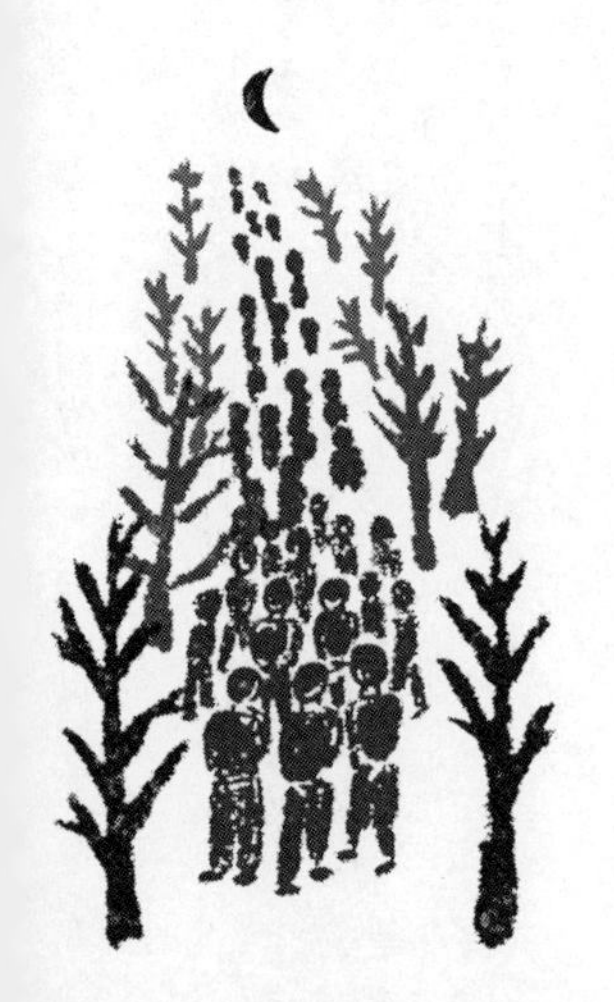

雲が生まれた日　6月28日

最近は日中の気温が高くなるので、朝の早いうちにゆりねの散歩に行っている。

そうすると、毎日のように同じ女性と会うようになった。

彼女も犬を連れている。

大抵は近所の公園で会い、短い言葉を交わす。

その間、犬同士は、原っぱを縦横無尽に駆け回って遊んでいる。

彼女の犬は生後6ヶ月のシュナウザーで、女の子だ。

ゆりねより、ずっと若い。

初めて会った日、ゆりねを触った彼女は、その毛の柔らかさにとても驚いた様子だった。

確かに、シュナウザーなんかは、毛がかなりゴワゴワしている。

うっとりとした表情でゆりねを撫でながら、彼女は言った。

「雲みたい」

そして次の日、また公園で会ったら、

「日本語で、雲のことは何て言うの？」

と聞かれた。

「ＫＵＭＯ」だと教えたら、その日から彼女は、朝会うたびに、ゆりねを「ＫＵＭＯ」と呼ぶようになった。

確かに、そう言われると、ゆりねはふわふわの雲みたいに見える。

ゆりねは夏至の日に生まれたので、先日で5歳になった。

今日は雲が生まれた日だと教えてあげよう、と思っていたのだけど、残念ながらその日は彼女に会わなかった。

それにしても、あっという間だったなぁ。

5年と聞くと長い時間のように感じるけれど、ゆりねと過ごした5年間は、全然そんな風に感じない。

うちに来たのは、生後3ヶ月くらいだったから、丸々5年一緒にいるわけではないけれど、それにしたってあっという間だ。

この時間の倍を過ごせばもう10年が経って、更にこれまでの時間を足せば、合計15年。

その頃、ゆりねはまだ元気でいてくれるのだろうか、などと想像するとしんみりしてしまう。


ゆりねはわたしにとって、太陽の分身みたいな存在だ。

光と温かさを与えてくれる。

ゆりねがわたしのところに来てくれて、本当に良かった！


成長したなぁと実感するのは、ゆりねにとっての「怖いもの」が増えたこと。

子犬の頃は全然平気だったのに、最近は雷、特に稲光が苦手で、ちょっと雨が降りそうになるとすぐに浴室に避難する。

好き嫌いもはっきりしてきた。

散歩の途中でも、歩きたくない時は頑として歩かない。

ゆりねは、あぁ見えて結構意志が強い。

ゆりねといて感心するのは、その性格の良さだ。

どんなによその犬に吠えられようがしれっと無視して気にしないし、嫌なことをされても根に持たないし、とにかく寛大だ。

問題があるとすれば、食いしん坊すぎることで、拾い食いの癖は、その都度どんなに厳しく注意しても、食べ物を見つけるとすぐにパクッと口に入れてしまう。

その動作の早いこと早いこと。

でも、それ以外は本当にいい子。

わたしも、ゆりねみたいな性格になりたいと、いつも思う。

真夜中の森の奥深く

6月28日

フィルハーモニーで行われたBaltic Sea Philharmonicのコンサートへ行ってきた。

最近、伝統的な靴箱型のコンサートホールがいいのか、それとも新しい葡萄畑型のコンサートホールがいいのか、ちょっとした論争になっているようだけど、フィルハーモニーはまさに葡萄畑コンサートホールの代表格。

外から見ると、巨大なサーカステントみたいな形をしていて、中に入るとすり鉢状に席が配され、それが規則的ではなくて不規則な配置になっている。

近未来的というか、宇宙船の中にいるようで、いつも入るたびにワクワクする。

自分のお財布と相談しながら、いろんな席で、いろんな角度からコンサートを楽しむことができるのだ。

今回のコンサートのタイトルは、「Midnight Sun」。

客入りの時点で、照明が極力おとされていた。

そして、ステージ上の椅子はまばらにしか置かれていない。

コンサートが始まると、更にホール全体が薄暗くなり、様々な入り口から、演奏者たちが、楽器を弾きながら登場する。

ステージからだけでなく、ホールの至るところから音が鳴り、それらがゆっくりとステージの上へと集まっていく。

あっという間に幻想の世界へと引き込まれた。


ステージ上では、ヴァイオリンやヴィオラの人たちは立ったまま演奏。

時々登壇するソロのヴァイオリン奏者は、美しいドレスに裸足だった。

今回のコンサートのテーマは、自然と神秘で、まさに、真夜中の森の奥深くで開かれる秘密の演奏会へ招かれたような気分になる。

まるで薄い氷の上をみんなが息を殺して歩くような緊迫感のあるシーンがあったかと思えば、エネルギーあふれるヴァイオリンのソロに酔いしれたり。

特別ゲストとして呼ばれていたヴォーカルも、オーケストラの音と見事に融合していた。

鳥のさえずりや、動物の声も混じって、そこはまさに真夜中の森。

ひんやりした風や、しっとりとした植物たちの吐息まで、感じられそうだった。


わたしは、数年前にラトビアで参加した夏至祭を思い出した。

流れている空気が、全く一緒だった。

自然への感謝の気持ちと、今、自分たちがここに生きていることへの喜びが溢れている。

バルト三国好きのわたしには、たまらないオーケストラだ。


合計七つの曲をひとつに繋げた構成で、その間は休まず演奏。

通常は間に休憩が入るのだけど、それもない。

しかも、驚くことに、楽譜を見て演奏している人がひとりもいない。

全員が、暗譜してステージに立っているのだ。


7曲の中には、わたしの大好きなエストニア人の作曲家、Arvo Pärt の曲も含まれていた。

真夜中の静寂の中にも、ざわめきがあって、躍動がある。

ステージに立つ演奏者たちの個性が光っているのも、印象的だった。

衣装は、青系か赤系か、どちらかを着ていて、身をくねらせるように情熱的な動きで音を奏でる人もいれば、静かに、情熱を内にためたまま演奏する人も。

けれど、そこに立っている人たちの集中力はすさまじく、何よりも、演奏していることに対する喜びがひしひしと伝わってきて、そのことに感動した。

きっと、彼らにとっても、フィルハーモニーで演奏するというのは、とてつもなく大きな喜びだったに違いない。


Kristjan Järvi の指揮も独特で、とにかく素晴らしく、感動した。

クラシックの世界なんてずっと同じだと思っていたら大間違いで、こうして、従来の殻を破って、新しいオーケストラの形が産声を上げている。どうやらこの形は、世界中で誕生しているようで、今後、更にどう進化していくのか、楽しみだ。

じっと座って楽譜と睨めっこしながら演奏するより、自由に立ったり移動したりしながら演奏するのは、演奏者たちにとっても楽しいんじゃないだろうか。

果敢に挑戦する姿が、最高に清々しかった。

2時間弱、一切の休みなしに行われた本演奏の後は、アンコールがあったのだけど、そこでは男性と女性に分かれて、混声合唱も披露された。

楽器のプロなのに、歌声もまた見事。

演奏を無事に終えた彼らの声は熱を帯びていて、それまでとまた違った音色がホールにしみ渡った。

そうそう、この歌声が好きなのだ、とわたしは更に深く感動した。

最後は観客がみんな立ち上がって、拍手喝采。

演奏者たちがステージを去る際も、音を鳴らしながらステージの袖に戻っていく。

夜の10時過ぎ、外に出ると、まだ空は明るかった。

今年は夏至祭に行けなかったけど、コンサートで夏至祭の気分が味わえた。

パンフレットによると、オーケストラのメンバーの出身国は、エストニア、ラトビア、リトアニアのバルト三国のほか、ポーランド、ロシア、フィンランドやデンマークなど多岐にわたる。

今はまだ小さな産声かもしれないけれど、こういう新しいスタイルが主流になる日が来るかもしれない。

こんな時だからこそ　7月8日

ソウルのホテルに着くと、黒山の人だかりができていた。

というか、ホテルに着く前の道から、何やら異様な雰囲気が立ち込めている。

タクシーは遅々として進まず、道を埋め尽くすマスコミ関係者らしき人々。

ホテルに入るにも、わざわざスーツケースを開けられて、荷物のチェックが行われる。

なんなんだ、このホテルは？　と思っていたら、どこからか、トランプという声が聞こえてきた。

どうやら、ソウルを訪問中のアメリカ大統領が滞在中らしいのだ。

黒い服を着た人たちのものものしい空気に、納得した。

わたしがチェックインする時間とトランプ氏がチェックアウトする時間がちょうど重なっ

てしまい、ホテル側も混乱しており、お願いしていたアーリーチェックインもできなかった。かと言って、外に出るドアもすべて閉鎖されてしまったので、外出もできない。

仕方がないので、しばらく苺ジュースを飲みながら、トランプ氏の退場を見送ることにする。

後で知ったのだけど、あの後、彼は北朝鮮の金正恩氏と会うために、板門店に向かったらしい。

いきなり政治の嵐の中へ、背中を押されたような気分だった。


今回ソウルへ行ったのは、日本代表として韓国の文化を体験するプログラムに参加し、理解を深めるため。

CICI（韓国イメージ・コミュニケーション研究院、Corea Image Communication Institute）による招待で、中国代表の映画監督や、韓国代表のミュージシャン、ロシア代表の映像作家、ドイツ代表のカメラマン、イギリス代表のジャーナリスト、韓国代表のユーチューバー、カナダ代表の映画監督、アメリカ代表のジャーナリストたちと一緒に、丸一日かけて韓国の伝統と今の姿を体験し、その体験した内容を翌日のディスカッションで発表するというもの。

午前中のディスカッションを終えると、午後は韓国日報、朝鮮日報、中央日報などの主要メディアによるインタビューがみっしりあり、夜は世界中の大使や関係者を招いての華やかな晩餐会という盛りだくさんな内容だった。

始まったら、あれよあれよという間に一気に時間が過ぎていく。

折しも、ディスカッションとインタビューが行われた日は、日本が韓国に対して半導体の部品の輸出規制をすると発表した日。

政治的に見れば、日韓関係に決定的なヒビが入った日として記憶されるのかもしれない。

けれど、インタビュー自体は本当に楽しく、韓国の読者の方にも、わたしの本の内容がとても誠実に届いているのを肌で感じた。

わたしが韓国を訪れるのは、今回で2度目になる。

前回は、昨年の12月で、その時は韓国の外交部に招待していただき、ブックコンサートに参加した。

ただ、前回はほとんど自由時間もなく、韓国の文化に触れることはなかなか難しかった。

だから、また韓国に行けたらいいなぁ、と思っていた。

でもまさか、半年後すぐに実現するとは思っていなかったけれど。

これまで、わたしにとって韓国は、多くの日本人同様、「近くて遠い国」だった。

でも今回、この体験プログラムに参加することで、日本人と韓国人では、共感できる多くの点があることを発見した。

韓国人の中にある、自然との向き合い方にはとてもとても共鳴できたし、そのことを西洋の人が理解するにはとても高いハードルがある、ということも実感した。

韓国人と日本人には、似ているところがたくさんあって、精神的な深い部分で共有できる要素がたくさんある。

ただ、韓国人と日本人とでは表面的な性格が違うから、時として反発し合うのだ。

でも今、地球規模で解決しなければならない問題がたくさんある時に、この似た者同士の隣人同士が喧嘩している場合ではないのになぁ、というのが、今回ふしぶしで感じたことだ。

わたし達東洋の人間が共に手を取り合い、これまでの自然と対峙する西洋の価値観に対して、こんなふうに自然と融合するやり方もあるんだということを、大きなメッセージとして発していくことこそ、これからわたし達が実現していくべきことのように思う。

4日目は、韓国のコピーライターで作家でもある同世代の女性、キム・ハナさんとの対談だった。

キム・ハナさんは、女性ふたりと猫4匹との暮らしを本にするなど、とても新しい、肩肘張らない生き方を発信している。

わたしは、キム・ハナさんとお話しするのが、とても楽しみだった。

実際お会いすると、期待していたものをはるかに超えて素晴らしく、通訳者を介して外国語で話をしているとは思えないほど、とても深い内容のお話ができた。

そして、今回、韓国の読者の方と直接お目にかかれたということが、最大のギフトだ。

まさか、あんなに多くの方が来てくださるとは思っていなかったし、韓国語に訳されたわたしの小説が、日本の読者に対するのと同じように、同じ温もりで伝わっているということに、しみじみと感動した。

これもすべて、熱心に訳してくださった翻訳者の方々のおかげである。

対談の後は、大使公邸での夕食会も開いてくださり、その席には、わたしの作品の多くの韓国語訳を手がけてくださった翻訳家のクォン・ナムヒさんや、韓国を代表する若手作家、チョン・セランさんも来てくださり、日本語と韓国語を交えながら、本当に和気あいあいと食事を楽しむことができた。

政治的には、日韓関係が最悪な状態だというのに、文化の面では、わたし達は真からお互いを尊敬しあえる関係を築いてきたのだと実感した。

そのことは本当に素晴らしいと思うし、今まで多くの方がコツコツと築き上げてきた友情関係を、政治という斧でめった斬りにするようなことは、絶対にあってはならない。

こんな時だからこそ、文化面でのつながりを強固なものにしていく必要があると思う。

最終日、1日だけフリータイムがあったので、わたしは韓国の器を探しに、あちこち探索。

韓国の、白磁の器が好きなので。

そして、最高の出会いがあった。

骨董街で見つけた李朝時代の器。

韓国での思い出を閉じ込めた、一生の宝物ができた。

新聞記者

7月16日

朝起きて、お茶を飲みながら（デジタル版の）新聞を読むのがわたしの日課なのだけど、今朝はまだ更新されていなかった。

それでふと、『新聞記者』のことを思い出して、予告編などをチェックする。

見たい、今すぐ見たい。

まだ、うっすらとした映画の輪郭しか摑めていないけれど、今こそ、多くの人がこの映画を見て、真剣に考える時だと思った。

自分なりに真剣に真剣に考えて、そして選挙に行ってほしい。

わたしは先週、日本大使館に行って投票を済ませてきた。

「在外選挙人証」というものを発行してもらえば、外国にいても、簡単に投票できる。

発行してもらうのだって、そんなに大変な手続きではない。

でも、それすらもしていない人が多いことに、わたしは正直、驚いてしまう。

だって、選挙に参加しないということは、自分の生活を、未来を、人生を、誰かに丸投げするということに等しい。

そんなに危険なことったら、ない。


以前も書いたかもしれないけれど、ドイツと日本で、ものすごく大きな違いがあるかというと、そうでもない。

確かに環境や人権に対する意識はドイツ人の方が高いと感じるけれど、ドイツだってまだまだプラスチック製品はあるし、いろいろ問題は抱えている。

ドイツでは犬や猫の殺処分がゼロで、飼い主から手放された動物たちはティアハイムという動物保護施設で新たな飼い主を待ったり、たとえ新しい飼い主に出会えなくても、そこで、生涯を終えることができる。

それはとても素晴らしいシステムだけど、民間による数多くのティアハイムがあることは事実で、つまり、動物を簡単に手放してしまう人がいる、ということ。

そういう人はいるけれど、その受け皿もちゃんとある。

それが、ドイツと日本の違いだ。

ドイツにだって、外国人排斥を訴える極右の人たちはいる。

でも、そうじゃない、それに対抗する勢力もあるから、一方に偏らず、バランスがとれる。極端な方へ行こうとすると、反対側でぎゅーっとブレーキがかかって、進むべき道を真ん中へと寄せる力がある。

それが、ドイツにはあるけど日本にはないバランス感覚のような気がする。

あるひとつの方向にわーっとドミノ倒しのようにならず、どこかで歯止めがかかる。

それは、きちんと教育で、第二次世界大戦での自分たちの過ちを、徹底的に戒めているから。

そこも、日本との大きな違いだと感じる。

そして、そういう大事なことをすべて決めるのが政治で、それを動かせる最大の方法が選挙だ。

自分たちが政治の主導権を握っているのだ、という意識は、圧倒的にドイツ人の方が高いと思う。

思い返すと、わたしは中学生の頃、新聞記者になりたかった。

具体的には、新聞の、コラムを書く人になりたかった。

だから今でも、新聞記者には大きな尊敬の気持ちがある。


わたしがいつも読んでいる新聞に、大好きな新聞記者の女性がいる。

その人が書いた記事は、どんなに小さくても見つけられる。

新聞記事で心が動かされることはそう多くはないのだけど、たまに、とても深い内容の、温かみのあるいい記事に出会う。

そんな時はたいてい、最後にその人の名前が書いてある。

彼女の書いたすばらしい記事に感動するたび、きちんと手紙を書きたい、自分の作品を読んでもらいたい、と思っているのだけど、いざ書こうとすると、何から書いていいのやらわからず、緊張して、延ばし延ばしになってしまっている。

いつか、お会いする日があるだろうか。

それまで、自分も、背筋を伸ばして生きていたいと思う。

マスコミが萎縮してしまっているという話をよく聞くし、それは肌で感じる。

けれど、流された先にどんな未来が待っているのかを、ひとりひとりが想像しなくてはいけない。

彼女をはじめ、すべての新聞記者が、自由に書ける世の中であってほしい。

権力が、そのような自由を奪っていいはずがない。

『新聞記者』、早く見たい。

こんな気骨のある内容にチャレンジした制作者の方々に、心からの拍手を！

そして、のちのち後悔しないためにも、投票に行きましょうね。

こわいよのなか　7月18日

あれからすぐに『新聞記者』の原作を読み始めた。

著者の望月衣塑子さんは中日新聞の記者で、菅官房長官に厳しい質問を投げかけることで注目されることになった、わたしと同世代の女性である。

この本を読んで、いろんなことが鮮明になり、そして改めて考えさせられた。

前川喜平さんのこと、自らのレイプ被害を告発した伊藤詩織さんのこと、不条理としか言えないことがたくさん書かれている。

望月さんは、ご本人もおっしゃっている通り、別に社会派を気取っているわけでも、自分の状況に舞い上がっているわけでもなく、ただ、おかしいと感じて疑問に思ったことを納得できるまで質問しているだけ。

こういう熱心な人がいるからこそ、わたし達は、本当のことを知ることができるというのに。

最近、新聞を読んでいて、怖い、と感じたことがふたつある。

ひとつは、点字ブロックを歩いていた全盲の男性に、ぶつかった相手が、「目が見えねぇのに、ひとりで歩いてんじゃねぇよ」と暴言を浴びせたというニュース。

目が見えない男性の白杖(はくじょう)が折れた上、ぶつかった男性は、謝るどころか、彼の足を蹴って立ち去ったという。

あまりのひどい態度に、言葉も出ない。

そしてもうひとつは、札幌で行われた安倍首相の街頭演説の際、ヤジを飛ばした市民を警察が取り押さえ、排除したというニュース。

これも、はじめ読んだ時はまさかと思った。

でも、こんなひどいことが、すでに日本という民主主義国家で現実に起きている、その恐ろしさといったらない。

反対意見を声にしただけで、警察という権力に口をふさがれてしまうのだ。

わたしも、同じ状況で反対の立場の声をあげたら、即刻、その場から有無を言わさずつまみ出されてしまうのだ。

それは、あまりにも怖すぎる。

自分にイエスと言う人しかいなくなったら、それこそが異常なのに、その異常な事態が、着々と進行している。


本当に怖い世の中だなぁ。

わたしには、このふたつのニュースが、どこかで繋がっているように思えてならない。

人として真っ当な意見を主張し、真っ当な仕事をしてくれる人が政治家になって、仕事を全うしてほしい。

そういう候補者が、ひとりでも多く選ばれることを心から願っている。

『隣人ヒトラー』　7月23日

この本を書いたのは、ユダヤ人のエドガー・フォイヒトヴァンガー氏で、歴史家だ。

彼は幼い頃、ヒトラーの家の向かいに住んでおり、この本はその当時の様子を回想したもの。

だからこの本は、物語ではなく、あくまでも史実に基づいた回想録として存在する。

始まりは1929年で、エドガー少年が5歳の時。

エドガー少年の父親は出版社勤務で、おじさんは反ファシズム運動家として有名なリオン・フォイヒトヴァンガー氏。

この本にも、(リオン) おじさんとしてたびたび登場する。

この頃から、なんとなくユダヤ人に対しての雲行きが怪しくなってくるのがわかる。それでも、家の中には平和があふれているし、人々が公然とヒトラーを批判するだけの自由もあった。

少年の一家も、別荘で夏のバカンスを楽しんでいる。

この頃はまだ、ヒトラーを支持する人はほんの一握りで、大半は彼を笑い者にし、相手にもしていなかったことがわかる。


翌年になると、父親とリオンおじさんとの間で、こんな会話が交わされる。

「もしもあいつが政権を取ったら？」という父親の問いかけに、おじさんは、

「おいおいそれこそありえないよ！　前回の選挙だって三％にも満たない得票率だったのに。これだけ共和主義の発達した国であいつに勝ち目なんてあるはずないじゃないか。この前の戦争以来、この国の人間はみんな平和主義者か、闘わない兵士か、公務員か、左翼か、さもなきゃ共産主義者か、ともかく口を開けば『共和政』としか言わない連中ばっかりだ。」

ところが、この年の選挙で、ヒトラーは18％の票を獲得する。

エドガー少年には、彼の身の回りの世話をしてくれるローズィという心根の優しい女性が

いた。

　少年は彼女が大好きだった。ローズィはよく、少年に新聞を読んでくれる。そんなローズィが、ある日、涙ながらにこんなことを言う。

「戦争が人を幸せにしたことはないの。それにヴァイマルは連合なんかじゃなくて共和政。民主主義っていって、国民ひとりひとりが投票できる制度なのよ。一九一八年以来、私たち女性でも投票できるんだから。ヴァイマル憲法のおかげで、今のドイツは世界的にみても進んだ国になったの。」

　1931年になると、ヒトラー支持者と、それに反対する人たちの衝突が増えていく。そして1932年には、少年一家がユダヤ人であることを、母親から秘密にするように命じられる。

　読んでいて切なくなるのは、最初は仲良く遊んでいた少年の友人たちが、少しずつ離れていき、最後はエドガーが学校で孤立してしまうことだ。

　1933年には、ヒトラーが首相に任命され、少年の家では、ドイツを出てどこか違う国へ移住しようかと話し合われる。

けれど、具体的な話は進まない。

父親は言う。

「とにかくいまは次の選挙を待つしかないよ。そろそろみんな奴らの専制にうんざりしてくるころだろう。誰だって平和を望んでる。自由に好きな新聞を読んだり、旅に出たり、散歩したりして過ごしていたいんだ。それに、三月五日の選挙ではナチスは過半数に達さないだろうって話だし。一転して大惨敗ってことだってあるかもしれないぞ！」


それからほどなく、オランダ人の若者による国会議事堂放火事件が起き、即刻ヒトラーは、「国民と国家の保護のための大統領令」及び「ドイツ国民への裏切りと反逆的策動に対する大統領令」を緊急大統領令として閣議決定する。

表向きは、民主主義を守るためとして。

大統領令第一条は、ヴァイマル共和政により保障されている市民の自由の大部分を一時的に停止するもので、個人の自由、表現の自由、結社の自由および公的な場における集会の自由、郵便ならびに電話におけるプライバシー保護権、住居ならびに私的財産保護権などがこれにあたる。

ヒトラーがドイツを率いるようになって以来、学校の先生も、様子が変わったそうだ。エドガー少年が8、9歳の時に使っていたノートには、鉤十字の絵やヒトラーの写真の切り抜きが残されている。

そうやって、少しずつ少しずつ、ソンタクの空気が蔓延して、その空気は市井の人々にまで侵食していく。

1934年、ほんの少し前までは色眼鏡で見られていたSA（ナチスの突撃隊）は300万人に増え、新聞の見出しには、

「九〇％以上の有権者がヒトラーの問いかけに賛意。ドイツは近く国際連盟を脱退へ」

と報じられた。

年を追うごとに息苦しさが増して、自由に物が言えない空気が広がっていく様子が生々しい。

これは、あくまで物語ではなく、実際に民主主義国家で起きたこと。

先日の選挙の結果が明らかになった。

結果そのものより、私は正直、投票率の低さに驚いてしまった。

民主主義というものが、いとも呆気なく崩壊するということ、その歴史的事実をきちんと頭に叩き込んでいないと、将来、とても恐ろしいことが起きそうで不安になる。

弱い立場の人を上から目線であざ笑ったり、自分に非があるのに平然としらばっくれたり、そういうことをやっても許されるのだ、それこそが正解なのだという空気が、子どもを含め、津々浦々にまで蔓延することが、今の日本で、一番恐ろしいことだと感じている。

どうか、次の選挙では投票率が上がりますように。

ひたすら作業　7月29日

ここ数日、スイカ日和が続いている。

ただ、尾花沢スイカを食べて育った身としては、どのスイカを食べてもちょっとぼんやりした味に感じてしまう。

ベルリンで食べるスイカもおいしいのだけど。

尾花沢スイカ、もう何年も食べていない。

婦人の会に声をかけてもらったので、友人宅へ行った。

内容は女子会と変わらないのだけど、今回は婦人の会だという。

確かに、いつまでも女子会というのも大人気ないし、ここはいっそ、これからも婦人の会で良いのかもしれない。

持ち寄りだというので、何を作ろうかとあれこれ悩んだ末、ちらし寿司と鶏のササミの胡麻衣揚げを作る。

集まりの時、ちらし寿司はとても便利で楽チンだ。

材料を細々と切って料理するのを、大変だ、面倒臭い、と思う人もいるけれど、私はこういう「ひたすら作業」が結構好き。

今回は、BGMではなく、本をちびちび読みながらやってみた。

読んだのは、韓国の若手作家であるチョン・セランさんの『フィフティ・ピープル』。

病院関係者を中心に、50人それぞれの登場人物の物語が描かれている。

ひとり分はとても短く読み切れるので、ひたすら作業の合間に読むのに最高だった。

まだ途中までしか読んでいないけれど、ものすごく面白い！

実は、チョン・セランさんとは、先日ソウルに行った時、大使公邸での会食の際にお会いした。

その時はまだどんな作品を書く方なのか存じ上げなかったのだけど、うわぁ、めちゃくちゃ面白いではないですか！

最近、意識して韓国文学を読んでいる。

2種類の料理を作ったのは、お弁当箱を使いたかったから。

前回日本から連れてきた、二段重ねのお弁当箱。


このお弁当箱を、ハンドバッグみたいに得意げに持って出かけた私。

なんとなく匂いが漏れるのは、ご愛嬌ということで。


それにしても、楽しい宴だったなぁ。

総勢十人前後のご婦人たち（女子）。

ほとんど知らない人たちだったけど、川床みたいなベランダで、大きな大きな空を見ながら、陽が沈んで暗くなるまで、飲んだり食べたり。

日本から遊びに来ている人もいたけど、ベルリンは、いろんな人がいていいなぁと改めて思った。


初めて作ったわりに、鶏のササミの胡麻衣揚げが好評でホッとする。

一晩塩麹に漬けておいたササミに、卵白をまぶして胡麻をつけ油で揚げるだけなのだが、冷めても胡麻が香ばしくておいしかった。

本当は、白胡麻バージョンと黒胡麻バージョン、両方作れればよかったのだけど。あいにく黒胡麻しかなくて、しかも思いのほか黒胡麻を使うので途中でなくなってしまい、そこからはバジルの衣で揚げたのだけど、バジルはバジルでおいしくできた。

ちらし寿司も、作るのにかかった時間の何分の一もの早さで完食。

帰りは、空っぽのお弁当箱をぶんぶん振って帰宅した。


そして次の日は、いつものマーケットで安売りそら豆を見つけてしまい、つい反射的に買ってしまった。

しかも、家に戻ってから気づいたのだが、どれも、通常よりずっと小さな赤ちゃんそら豆だった。

鞘からは出してあるけれど、外側の硬い殻は残っているので、またせっせとひたすら作業に没頭する。

たくさんあったので、1日目はかき揚げにして食べ、残りの半分は2日目の朝、そら豆ご飯にして食べた。
私はそれをおにぎりにして、サウナへ参上。

うんと暑い日のサウナは、最高だ。
サウナの中の方が暑いから、外に出た時に涼しく感じる。
まだ暑いけど、夏もそろそろお終いの予感。
だから、今のうちにスイカを食べておかなくちゃ！

夏の遠足

8月4日

なんだかなぁ、と、やっぱりそうなってしまったか、という感情が入り乱れ、釈然としない「表現の不自由展・その後」開催の中止。

これが今の日本の現実なのだと、突きつけられた思いだ。

こんなことが許され、当たり前になってしまったら……。想像するだけで気持ちが塞ぐ。好き、嫌い、気持ちいい、気持ち悪い、どうでもいい、わからない。

芸術作品に触れ、自分がそれに対してどう感じるのか、それを知ることこそ意味があるのに、考えることそのものをやめてしまったら、のちのち、どんな事態が待ち受けているのだろう。

一度失ったものを再び手に入れることは、本当に大変なことなのに。

悲しいけれど、表現の自由とか、基本的な人権とか、そういうとてもとても大切なものが、今の日本では垂れ流し状態になっている。


私は明日から、チロルへ行ってくる。

南ドイツと北イタリアの間に広がっているのが、オーストリアのチロル地方だ。

長い間、ずっと行ってみたいと思っていた憧れの地にようやく行ける。

ペンギンとゆりねは仲良くお留守番だ。


さっき、去年亡くなった友人から譲り受けたリュックを使おうと思って出してきたら、中から彼女が書いたメモとか飴とかボールペンが出てきた。

くちゃくちゃのメモには、「炭、洗剤、だいず、米、こむぎこ」と書いてある。

自然が大好きな子だった。

旅行に行く時は、とりあえずお米を持っていく、と話してたっけ。

リュックには、彼女の人生が詰まっている。

1年前は、まだ生きていたんだなぁ、とぼんやり思った。

人生って、はかない。

白鳥と湖　8月12日

チロルは、想像以上に広かった。そして、情報がとても少ない。

ベルリンからＩＣＥでミュンヘンへ。そこから更にローカル電車に乗り、ガーミッシュパルテンキルヘンで別の電車に乗り換え、更に山の奥へと分け入り、ハイターヴァングのプランゼーへ。

朝、8時半のＩＣＥに乗って、着いたのは夕方の6時20分。およそ10時間の列車の旅となる。

そこは、本当に何もないチロルの村だった。

村にはパン屋さんが一軒だけあるのだけど、営業時間は朝7時から10時までと潔い。

スーパーもないし、外食ができるのは、最近オープンしたというピザ屋さんのみ。

途中乗り換えた駅で食料を調達してきて正解だった。

見渡す限り、山、山、山、山。

しかも、どの山も岩肌がむき出していて、とても険しい。

王冠みたいに、山の頂きがそびえ立っている。

その日は雷鳴を聞きながら眠りについた。


翌日、レンタカーを借りるため、再びガーミッシュパルテンキルヘンへ。

さすがに、広大すぎて電車とバスだけを使ってチロルを回るのは無理と判断した。

どうやら、ガーミッシュパルテンキルヘンはチロルの玄関口のような駅で、その後も何度か通過した。

車に乗り、ゼーフェルトへ。

ドライブを楽しみ、町のレストランでお昼を食べる。


今回の旅は、行き当たりばったりだ。

情報が少ないし、そもそもガイドブックも持っていない。

常にインターネットに繋がる環境にもないので、とにかく現地に足を運び、そこで鼻をきかせてレストランを選ぶという、近年では稀に見る直感旅。
でも、調べない、という旅もまた良かったのだ。
普段使わない動物的な勘が働き、本来の旅の姿を思い出した。

昼食の後は、湖の周りをハイキング。
どの花も、嬉しそうに咲いている。
夜は再び宿に戻って、部屋で自炊し、また雷鳴を聞きながら寝た。
ずっとお天気が悪かった。
3日目は車に乗らず、午前中は近くの古城を見に行く。
歩いていたら、カランコロンとカウベルの音が響いてきた。
先に進むと、広大な原っぱで、大きな牛たちが熱心に草を食んでいる。
柵がない、と思ったら、自分たちが柵の中を歩いているのだった。
近くに行ったら、どんどん向こうも近づいてくる。

途中から険しい山道を登り、最後は、山と山の間に作られたものすごーく長い吊り橋を渡って、お城の跡へ。

この吊り橋の下は車の行き交う道路で、揺れるし、ちょっとバランスを崩すと倒れそうになり、本気で怖かった。

足元も、シースルー状態。

思い出すだけで、ヒヤリとする。


古いお城はすでに自然に戻りかけていて、いい感じに朽ちている。

よくぞこんな場所に石を積んでお城を造ったなぁ。


その足で今度は湖へ移動し、湖畔のレストランでお昼を食べてから、湖の周りをハイキング。2日連続でシュニッツェルを食べたけど、どちらもおいしかった。

迷った時は、シュニッツェルを選べば間違いない。


食後、まずは船でハイターーヴァンガー湖の向こう側まで行き、そこから歩く。

雨が降る中のハイキングだったけど、植物たちは雨に打たれ、気持ち良さそうだった。


そして、水がとってもきれい。

どうしたら、こんな色になるんだろう。
水を見ているだけで、心が癒される。
お天気が良かったら、泳ぎたかった。

雨に打たれながらのハイキングも、悪くない。
最後に、湖に浮かぶ白鳥と遭遇。
ただただ美しくて、見とれてしまった。

今日はもう書くのをやめた。

8月15日

チロル旅の最終日は、Bayrischzellでのんびり過ごした。

ここはもう、チロルではなく、ドイツのバイエルン州で、わたし好みの、小さくまとまったとてもいい町。

けれど、もちろん山に囲まれていて、やろうと思えば本格的な登山やハイキングもできる。

駅からすぐのホテルも、とてもかわいく、居心地がよかった。

今後、ここを定宿にしようと本気で思う。

バルコニーには色鮮やかな花がこぼれるように咲き、部屋においてあるソファや机も、感じがいい。

ゴージャス感は全然なくて、けれど品の良い物が大切にされておかれている感じが、とても良かったのだ。

それぞれの部屋はベランダで繋がっているので、窓を開けていると、たまにふらりと隣の部屋に泊まっている子どもが顔をのぞかせたり。

夜は、それぞれの部屋のベンチに座って、一緒に星を眺めたり。


その日は30度を超えるという予報だった。

午前中、近くの広場で結婚式があるというので、その様子をそっと見に行く。

みなさん、民族衣装を着て正装している。

新郎新婦は、古いベンツに乗って登場した。


みなさん笑顔で、民族衣装がとてもよく似合っている。


それから歩いて滝を見に行く。

とにかく、水が本当にきれい。

時々川べりで足を浸し、涼みながらテクテク。

すごい滝があった。

地元の子ども達が、滝壺に飛び込んで遊んでいる。

お昼は、ホテルのビアガーデンでビールとフレンチポテトを食べる。

そして午後は、川の水に足を浸しながら、読書を楽しむ。

読んだのは、『トーベ・ヤンソン短篇集』。

ふと顔を上げると、切り立った高い山の頂きが目に入り、水面では、太陽の光が反射して砕けている。

たえず響く水の音に癒され、もう百点満点をつけたくなるような夏の休日。

冷たい水で桃を冷やしていると、その横をスーッと魚が泳いでいく。

本の中に、こんな文章を見つけた。

「今日はもう書くのをやめた。」

まさに、わたしの気持ちにぴったり寄り添う一文ではないか。

たまにはこんな一日があってもいい。

町には、教会と、数軒のカフェとレストランと、銀行のＡＴＭと、12時に閉まってしまうパン屋さんと、新鮮な肉を並べるお肉屋さんと、骨董品から電化製品までありとあらゆる物を細々並べる何でも屋さんがある。

もう、それで十分という気がした。


夕方からは、山の方にあるというビオホテルへ散歩に行く。

部屋は満室だったので泊まれなかったのだけど、レストランでの食事だけなら可能とのことなので、そこで夕飯をいただくことにした。

このホテルがまた、素晴らしかった。


敷地には、馬や牛やアヒル達が放牧されている。

料理も洗練されていて、チロル旅の最後を締めくくるには最高の夜だった。


星空の下、ほろ酔い気分で夜道を歩きながらホテルに戻った。

カルセドニー

8月20日

Bayrischzell の村の中心に一軒、小さな石屋さんがあった。

石屋さんとしかいいようがない、本当に石だけを売る店で、通常は店に鍵がかかっており、呼び鈴を鳴らすと奥の部屋からおばあさんが出てくる。

店の外には、ずらりと、数ユーロで買える安い石が、小箱に入ってまるで和菓子のように売られていた。

石にはそれほど思い入れのなかった私だけれど、ふらりとそのコーナーを見ていたら、なんだか石を持ち帰りたいような気持ちになった。

それで、1・5ユーロのクリスタルをふたつ、買うことにした。

ひとつは自分用に、ひとつはお土産用に。

その後、またお店に行って、今度は中の石をじっくり見た。

中に置いてあるのは、比較的お値段のする石だった。

表面がつるつるに加工されている石はどうも苦手なのだけど、原石のままの姿の石は美しいと感じる。

その店に並んでいるのは、ほとんどが原石だった。


ふと、棚の奥に置かれていた、青系の石に手を伸ばす。

魚の卵みたいな小さいプツプツが寄り集まって、山のような形になっている。

手に持ったら、なんだか手放せなくなってしまった。

色が綺麗で、見ていると心にそよ風が吹くような気持ちになる。

この石ともっと長く一緒に居たいと思い、連れて帰ることにした。


帰ってから調べたら、それは「カルセドニー」という石だった。

和名は、「玉髄」。

石英の細かい結晶が集まってできた石で、穏やかなエネルギーを持っているという。

精神を優しく癒し、気持ちを楽天的にしてくれる石で、人との結びつきを象徴するとのこと。

言葉の通りを良くし、コミュニケーションがよりうまくなるよう働きかけてくれるとあり、まさに私にとって大切な石だと納得した。

石のことなんて何も知らなかったけど、必要なものとは出会うべくして出会えるのかもしれない。

部屋に置いたら、なんだかとても自然な感じでその場に馴染んだ。

この石を見ると、チロルの山を思い出す。

旅の間、食べ物以外で買ったのは、石だけだった。

追伸。

『キラキラ共和国』が文庫になりました！

今回も、しゅんしゅんさんにパラパラ漫画を描いていただいたので、ぜひ、そちらも合わせて楽しんでくださいね。

暮らしの根っこ　9月4日

日の出の時間が、だんだん遅くなってきた。

ずっと同じ時間に起きているとわかるのだが、朝起きて外を見ると、以前よりも薄暗い。

その、ぼんやりとした夜明けの感じが、とても日本の空に似ている。

秋だなぁ、としみじみ。

木々の葉っぱが、色づき始めている。


朝晩に吹く風はとても涼しくなったのだけど、昼間はかなり気温が高くなる。

連日、30度を超える暑さだ。

暑い日は、朝だけ窓を開けて涼しい空気を家の中に取り込み、風がぬるくなってからは窓を閉め切って、涼しい空気を閉じ込める。

石でできた家だから、密閉されるのだと思う。

そうすれば、外は暑くても、中は涼しくて気持ちがいい。


それでも限界があるので、昨日は久しぶりにプールに行ってきた。

行きつけのホテルのプールは、安いわりに空いていて、いつ行っても泳いでいる人は2、3人しかいない。

昨日もそうで、冷たい水の感触を味わいながら、自分のペースでゆったりと泳ぐことができた。

水の中にいるのは、やっぱり気持ちいい。

しばらく水と戯れていると、瞑想しているような気持ちになる。

窓からは青空が見えて、光を感じながら泳げるのもいい。


水が冷たいので、30分も入っていると体が冷たくなる。

それでも我慢して、更に15分だけ泳いだり歩いたりしてから、プールを出た。

その状態だと、外に出ても、もう体が完全に冷やされているから、暑さを感じない。

これでなんとか、一日を乗り切ることができる。

暑い日は、サウナもいいけど、プールもまた最高だ。


そして今日は、秋に出る次の小説の再校が終了した。

これで、私と作品とのへその緒が切れ、物語が一人歩きしていく。

最初はまだ上手に歩けないから、私が背中を支えたり、手を添えたりしなくてはいけないけれど。

私はもう、母の目で、わが子の後ろ姿に声援を送り、いってらっしゃい、と静かに見守ることしかできない。


私の毎日は、本当に、至って平凡だ。

同じことの、繰り返し、繰り返し、繰り返し、繰り返し、で成り立っている。

たまに旅行に行ったり、非日常的な時間が入ることもあるけれど、基本的には、朝起きて、お茶を淹れて、仏様に手を合わせ、お茶を飲みながら新聞に目を通し、それから仕事して（書いて）、おなかがすいたら朝昼ご飯を食べ、コーヒーを飲み、本を読んで、ゆりねと散歩して、買い物に行って、晩ご飯を作って、食べて、お風呂に入って、ヨガをして、寝る。

こんなふうに暮らすようになって、もう10年くらいになる。

そして、こういうささやかな日々の中から、物語が産声を上げる。

暮らしの根っこは、これさえあれば大丈夫、と思える太鼓判みたいなものかもしれない。

ひまわりの花　9月11日

明け方になると、ゆりねがわたしの布団に潜り込んでくる。

夏の暑い時期は、近寄りもしないくせに、ちょっと寒くなると、自分も入れてくれと要求するのだ。

ゆりねの温もりが愛おしくて、つい布団に長居してしまうから困るのだけど。

ぴったり寄り添って寝ていると、それだけでとても幸せな気持ちになる。

たまに、ぐぷぅ、ぐぷぅといびきが聞こえたりして。

ゆりねは、完全にわたしを枕だと思って、眠りこけている。

すごいなぁと感心するのは、一連のゆりねの行動が、全く同じように毎朝繰り返されること。

まず、布団に入れてと要求する時は、必ずわたしの右側に来る。

そして頭から入って、布団の中でくるっと向きを変え、わたしの右肩に頭をのせて眠る。

でも、寝ていると途中で暑くなるのか、必ずいきなり起きて、あちぃ、あちぃ、と訴えながら場所を移動し、今度はおなかから下だけを布団に入れる形で眠る。

究極のルーティンで、決してイレギュラーな行動には出ない。

本人が考えてそうしているわけでもないだろうから、本能の要求に従った結果、無駄のない動きでそうなっているのだろう。

ゆりねが、わたしの左側に来て寝るということは、まずない。


2週間くらい前になるだろうか。

夜、ゆりねにおやつ(牛の皮を干したもの)をあげていて、かなり小さくなってからもそれをかじらせていたら、最後の固まりを、固いまま一気に飲み込んでしまった。

本当なら小さくなったら取り上げるべきなのに、なんとなく大丈夫そうだし、もったいない、と思ってわたしがそのままにしていたのだ。

そして、がぶりと飲み込む様子を、すぐ近くでとてもはっきり見ていた。

直後、ゆりねは苦しそうに走り回り、何度も嘔吐した。

嘔吐するのだけど、肝心な固まりは出てこなくて、ゼリー状の胃の粘膜みたいなのを大量に吐き出す。

もう完全に意識がもうろうとしている状態で、普段はそんな場所に行くことなどないのに、物陰の暗くて狭い場所に行きたがる。

それでも一箇所に落ち着いていることができず、夢遊病みたいに一晩中あっちに行ったりこっちに行ったり落ち着かなかった。

翌日も具合は良くならず、食いしん坊のゆりねが、食事を出しても口をつけない。ぐったりして、まるで別の犬になってしまい、さすがに怖くなって病院に駆け込んだのだった。

こういう時、そばにペンギンがいてくれて助かった。

自分ひとりだったら、怖くて耐えられなかった。

病院に行って、注射を2本打ってもらい、それでだいぶ元気を取り戻したものの、一時は最悪のことも頭をよぎった。

病院からの帰り道、さっそくゆりねが拾い食いしようとして、魚のしっぽを口にくわえていたのには、笑ったけど。

今回のことで、生きていることの素晴らしさを、ゆりねに教わった気がする。

ゆりねは食いしん坊なだけに、食べ物には本当に常に注意しないといけない。


先日、近所を歩いていたら、交差点の一角にたくさんの花が置かれていた。

家に帰ってインターネットで調べたら、反対車線から車が突っ込む交通事故があり、幼い子どもを含む４人が亡くなったという。

その場所は、ゆりねの散歩や買い物で毎日のように通っているし、自分が現場にいて事故に巻き込まれていても全然おかしくない。

近所の人も、みんなそう思って、献花に訪れているような気がした。

たくさんのひまわりの花、ぬいぐるみ、手紙、ろうそくの明かり。

以来、その場所を通るたびに、わたしはそっと手を合わせるようにしている。


この日記を書いていたら、夜空に月が浮かんできた。

今夜は、うりざね顔のお月様。

今、生きていること自体が奇跡的なことなのだと、ゆりねとひまわりの花を見て、そう思った。

桃ロール

9月17日

日曜日によく行く近所の蚤の市で、ついに見つけた。

名前をなんて言うのか知らないけれど、以前から欲しいなぁ、と思っていた。

でも、カフェとかに置いてあるのだと大きすぎて場所を取るしなぁ。

小ぶりなのがあればいいなぁ、と。

そんなことを思っていたら、ついに出会ってしまった。

特に高級そうじゃない感じも気に入って、この子を、わが家のメンバーに招くことにした。

店のおばさんが新聞紙1枚に包んで渡してくれたので、壊さないように抱っこして連れて帰った。

さっそく使ってみたくて、まずはマドレーヌを焼いてみる。

うん、確かに便利だ。

蓋をひょいっと持ち上げれば、すぐに中のお菓子が取れる。

マドレーヌを焼いたら、お菓子作り脳が活性化して、今度はロールケーキを作ってみることにした。

秋になると、急に焼き菓子が恋しくなる。

以前に一度ロールケーキを作りかけたのだけど、生地を焼くちょうどいい天板がなくて断念していた。

夏に良さそうな天板が見つかっていたのだが、今度は暑くて、ちょっとオーブンを使う気にはなれなかった。

でも、もう秋なので焼き菓子作りも苦にならない。

わたしの性癖で、あるひとつのお菓子にはまると、それぱっかりを何回も何回も作りたくなる。

どうやら、この秋はロールケーキに没頭しそうな予感がする。

1回目は、うまくいかなかった。

人のせいにするつもりはないけれど、生地をオーブンで焼いている時間を計ってくれるようペンギンに頼んだら、音が鳴らなくて時間を過ぎてしまい、生地の焼き上がりが硬くなってしまった。

それで、クリームを塗って巻いてみたものの、柔軟性がないせいで巻く途中で割れてしまい、ロールケーキというより三角どら焼き（クリーム味）みたいな仕上がりになってしまった。

ここでやめてはいけないと、再度挑戦した。

やっぱり大事な焼き時間は、自分で計るというのを肝に銘じて。

1回目は、すでにホイップ済みのしっかりと固いチーズに近いようなクリームを使い、2回目は生クリームを固めに自分で泡立てる。

そうそう、ドイツに限るのかヨーロッパの生クリームが全部そうなのかわからないけれど、こっちの生クリームは、ただ泡立てただけでは固くならず、ずっと液体のままで変化しない。泡立ててそれをクリームにするためには、それ用の粉を入れる。

はじめ、それを知らなくて、がんばって泡立て器を動かしても一向に固まる様子がなくて、途方に暮れたことがあった。


今回、クリームには旬の桃を入れてみた。

そして、くるんと一回転させる。

クリームの量が多くて生地ののりしろ部分が足りなくなってしまったけど、まぁ、割れることはなく、見た目はかなりロールケーキになった。

生地にたっぷり入れたシナモンが、いいアクセントになっている。


2回目にしては、まずまずの出来かもしれない。

まだ改善の余地は残されているけれど、自分でロールケーキが作れるようになったことは、素直に嬉しい。

お客さんを呼ぶ時や手土産に、これからロールケーキが活躍しそうだ。

桃が終わったら、栗。栗が終わったら、蜜柑。蜜柑が終わったら、苺。

何も入れないシンプルなロールケーキも捨てがたいけれど、中の果物で季節のリレーを楽しむのもいい。

旬のいい果物が思いつかなかったら、バナナもありだ。バナナだったら、一年中手に入るし。

趣向を凝らして、固めに炊いた黒豆なんか入れても面白いかもしれない。その時は、生地に抹茶を入れたりなんかして。

ここ数日、試食と称して、毎日、桃のロールケーキを食べている。

始末の料理　9月22日

わたしの中で、「始末の料理」と呼んでいるジャンルがある。

そこに、またひとつ新しいメンバーが加わった。

ふりかけである。


作り方は、とても簡単。

ダシを引いた後の鰹節をほぐし、それを日向に置いて乾燥させる。

ちなみに、ダシはよく、料理本では絞ってはいけません、と書かれているけれど、わたしはもったいないので、ぎゅっと絞る。

雑味が入るのが嫌なら、ぎゅっと絞る分は分けておき、そっちはキンピラなんかに使ってもいい。

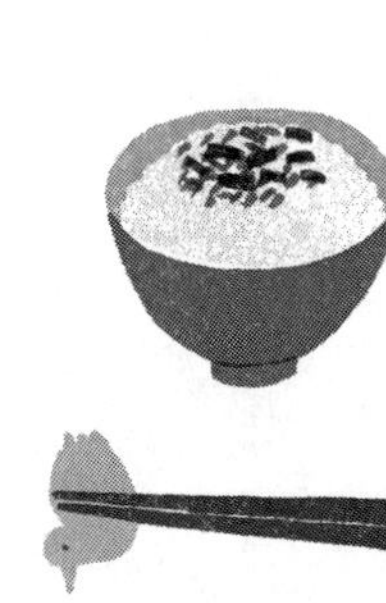

だって、ただ自然にこすだけだと、鰹節にまだいっぱいダシが含まれていて、もったいないもの。

うちは料理屋じゃないので、そんなことは無視している。

で、ぎゅーっと絞った鰹節を、直射日光の下に置いておくと、一日くらいで水分が抜け、パラパラになる。

用意する材料は、昆布の細切りと、できれば松の実。

松の実が入ると、グッとふりかけらしさが増す気がする。

小ぶりのフライパンか鍋に、好みの分量でみりん、酒、醬油、砂糖を入れ、煮立ったら、まずは細切りの昆布を入れて、さらにグツグツと煮立たせ、煮汁が半分くらいになったら、鰹節を投入して、よく混ぜる。

最後に松の実を入れ、七味、塩、はちみつなどで味を調えて出来上がりだ。

わたしは、みりんと砂糖と醬油で作って常備してある「かえし」を使っているけれど、好みのめんつゆとかがあれば、それを使って構わない。

要するに、鰹節に好きな味をからませればいいだけ。

錦松梅ほどの奥深さはないけれど、白いご飯にかければ、それだけで食が進む。

わたしは、朝昼ご飯に玄米雑炊を食べることが多いけれど、玄米にもとてもよく合う。

これだけで、もうおかずがいらないくらいだ。


ちなみに、ふりかけの他、昆布の佃煮もまた始末の料理で、こちらもダシを引いた後の薄い羅臼昆布（しかも、切り落とし）を使ったもの。

この切り落とし羅臼昆布、いいダシが取れる上に、その後の昆布を炊いても薄い分早く火が通り、とても美味。

食感も柔らかくて、大量の鰹粉と合わせると、それだけで立派なおかずになる。

あと、こちらは始末の料理ではないけれど、ひき割り納豆で、わたしは最近、納豆を細かく叩いて味噌と混ぜ、それをご飯に載せて食べている。


始末の料理のコツは、鰹節なり昆布なり、もともとの質のいいものを使うことで、そうすれば再利用しても、まだまだおいしくいただける。

そして、お味噌汁を作る時に使う煮干しは、ゆりねのおやつとして活躍する。

何でも、無駄にせずすべてを使い切ると、気持ちが晴れ晴れする。

今日は、日曜日なので久しぶりに年下の友人を呼んでパンケーキを焼いた。

今回は、ふとひらめいて、生地を混ぜる時、最後にシナモンも入れてみる。

カリカリに焼いたベーコンとか、しょっぱい味と組み合わせるパンケーキもあるけれど、わたしはやっぱり、メープルシロップとバターの組み合わせが、パンケーキの王道だと思っている。

そこに、バナナがあれば言うことなし。

こうやってパンケーキを食するたび、バナナのおいしさを再確認し、バナナ株が上昇する。

今日は、バナナのほかに木苺もあって、なんて贅沢。

お土産にいただいたメープルシロップが、濃厚で感動した。

パンケーキを焼くために牛乳を買ってきたので、そしてバナナもたくさんあるので、さっき、卵と混ぜてバナナプリンも作った。

牛乳、日本みたいにもっと少ない量で売ってくれたらありがたいのだけど、わたしが知る限り、こちらでは1リットル入りしか見つからない。

その点日本には、125ml、200ml、500mlなど、小分けされて売られていて、これがまさに、ドイツと日本の違いだなぁ、と思う。

オーブンから出した時のバナナの香りが爽やかで、いつも幸せな気持ちになる。

来週はもう日本に戻るから、その前に冷蔵庫や冷凍庫を一掃しないと、だ。

異国情緒　9月29日

ベルリンを離れる日が近づくと、ふだん滅多に食べないくせに、ソーセージが食べたくなる。食べたくなる、というか、食べられなくなるから食べておこう、という気持ちに近い。

街路樹はすっかり色づいて、朝には鳥たちの声が賑やかに聞こえるようになった。

季節は確実に、冬へ向かって進んでいる。

今日は、お昼にお客様がいらした。

初めて通ったドイツ語学校で知り合った日本人のピアニストで、また犬友としても親しくお付き合いさせていただいている。

彼女はもう日本に戻られたのだが、去年に引き続き今年の夏も、ドイツ語学校に通うために長期で滞在されている。

今年の滞在先はハンブルクだったのだけど、最後、ベルリンにも足を延ばし、うちに遊びに来てくれた。

わたしからすると彼女のドイツ語はパーフェクトでもう何も学ぶことなんてなさそうなのに、そうやって絶えずドイツ語の勉強を続け、切磋琢磨している姿は、人生の先輩として本当に尊敬する。

ということで、2週連続のパンケーキブランチになった。


彼女との話の中で、EUになってからドイツの異国情緒が失われた、というのがとても興味深かった。

すべてが、経済、経済、で、みんながとてもイライラしているように感じるという。

ある一定期間ドイツを離れて、そしてまた来ると、そういう変化がよりくっきりと感じられるのかもしれない。

彼女がドイツに来た頃の三十数年前というのは、お昼になると、働いている人も子どもも家に帰って食事をし、2時間くらい家で過ごしたらまた職場や学校に戻り、そして夜はまた家で食事をする、というのがごくふつうの生活スタイルだった。

でも今、そんな余裕は見られない。

そして当時は日曜日だけでなく、土曜日もお昼からはお店が休みになっていたという。

ドイツもEUに加わったことで、働き手が外国からどんどん押し寄せ、競争が激しくなった。

これから先、ロボットの進出でますます仕事が減ることが予測されるから、自分の席を守れるかどうか、常に戦々恐々としているのだとか。

今でも、たとえばスーパーのレジに座ってバーコードを読み取る係の人は、1時間にどれだけの商品を通せたか、機械によって数値化され、それが競争になっているという。

どうりで、すごいスピードで投げるように商品のバーコードが読み取られていたわけだ。

とても世知辛い社会だなぁ。

ベルリンはアーティストが多くて、のんびりしていて、わたしは村みたいだと常々感じているけれど、彼女には、それとはまた違うドイツの裏の姿が見えている。

芸術に関しても、以前はもっともっと人々が寛容に受け入れていたそうだ。

でも今は、芸術の分野にもやっぱり経済優先主義がはびこり、一部のスターだけが脚光を浴びる時代だという。

とはいえ、今の日本みたいなこと（国からの補助金取りやめとか）はありえないと思うけど。

このまま経済への比重が大きくなると、日曜日でもお店が開くようになって、今日みたいな静かな日曜日も過去のものになってしまうのかもしれない。

一体、この先世界はどうなっていくのだろう。

イギリスのＥＵ離脱だって、もう期限が目前なのに何も建設的な話は進んでいないし、日本を含め世界各国でおかしな政治家が票を得ておかしな発言を平気でするようになった。

環境問題はますます深刻だし。

わたしたちはつくづく、大変な時代に生きているような気がしてしまう。

今日はベルリンマラソンが行われたはずなのだけど、ほぼ一日、雨模様だ。

来週の今頃は、日本にいる。

真夜中の栗　10月5日

ただいま、日本！

すごい。道行く人がみんな日本人だ。そして、みんな、日本語を話している！！！

今まで、ぼんやりと「靄（もや）」に包まれていたような状態から、急にあらゆるものの輪郭がしっかりと見えるような感じ。


ベルリンで規則正しい生活をしていると、時間のリズムがきっちり体に組み込まれて、日本時間に合わせるのが、とてもしんどい。

体は疲れているのに、いざ布団に入って眠ろうとすると、頭の中に、電球が1個、2個、3個、4個と、灯っていき、どんどん眠れなくなる。

いっそのこと、ドイツ時間を引きずったまま、思いっきり夜型の生活をしてみようかとも

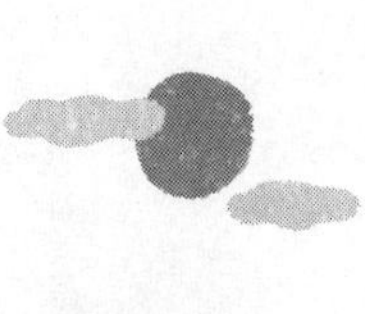

思うのだけど、今回は仕事のスケジュールがぎっしり詰まっているので、朝寝坊するわけにもいかない。

あんまり眠れないので、深夜にもぞもぞと起き出し、電気を消したまま窓際で栗を食べた。

お腹が空いたら飛行機の中で食べようと思って、結局食べるタイミングがなく、日本まで持ってきた栗。

もう皮は剝いてあって、余計な味もつけていない、ただのシンプルな栗が素朴でとてもおいしい。

その栗を、ぼんやりと夜空を見上げながら食べる。

住んでいる集合住宅の廊下の照明の明るさに、くらくらした。

真夜中で、誰も歩いていないのに、電気だけが煌々とついている。

ずっと、当たり前だと思っていたけれど。

なんで、誰も歩いていないのに、一晩中つけておく必要があるのだろう、という素朴な疑問がわいた。

ヨーロッパのアパートの場合、必要な時だけスイッチをつけ、ある程度の時間が経つと、自然に消えるシステムだ。

最初はいきなり消えてびっくりしたこともあったけれど、暗くなってもスイッチの場所だけは光るので、すぐに明るくすることができる。

そんなシステムは、とても簡単にできると思うのだけど、なぜか日本では、ほとんど見かけない。

まぶしいなぁ。

エネルギーが無駄だし、電気代だってもったいない。

夜間の無駄な電気を消すだけで、どれだけそれを、別のことに使えるのだろう。

ぼんやりした頭で、栗を頬張りながら、そんなことを考えた。

そして、真夜中の栗を食べたら、すーっと寝られた。

おなかが空いていたのかもしれない。

虫の声を聞くと、あー、日本にいるんだなぁ、という実感がわいてくる。

せっせ、せっせ、と

10月6日

朝、日曜日なのに宅急便が届いてびっくりする。

ドイツなら、絶対に絶対にありえない。

ご苦労様だ。

まずは、今日のやることリスト。

台所の掃除、窓拭き、荷物の片付け、昆布を炊く、かつおぶしでふりかけを作る、『ライオンのおやつ』のあとがきを書く。

台所は、重曹を溶かした水で拭き掃除。

ペンギンに、口をすっぱくして、「きれいに使ってください」と言っていたので、覚悟していたほどには汚れていなかった。

けれど、棚とかはやっぱりベタベタする。

床も、重曹水で拭いた。


ベルリンで生活するようになってから、窓の汚れがとても気になるようになった。

またすぐに雨が降りそうで、このタイミングで窓拭きをするのはどうなのだろう、と思いつつ、やっぱり汚れは見逃せない。

古新聞をフル活用し(親父ギャグじゃないです)、せっせ、せっせ、と窓を磨く。


それから、いない間に届いた郵便物を開封し、いるものといらないものを、片っ端から分けていく。

すごい紙の量。

不要な案内などは極力その都度、配送を停止してくれるようにお願いしているのだけど、それでも次々とハガキが届く。

もう少し、なんとかならないものか。

大事な書類を捨てないよう気をつけながら、いらないものをゴミ袋に捨てていく。

ゴミの分別の仕方は、毎回、忘れてしまうことのひとつだ。

そして、きれいになった台所で、ようやく料理。

料理をすると、日常が戻ってきたことを実感する。

去年の冬に仕込んでいったお味噌がどうなっているか、味見をしてみたのだけど、なんとなんと、ベルリンで仕込む味噌の方が香りがよくて、愕然としてしまった。

そんなはずでは、という感じ。

これはひとえに、麹の違いだ。

ベルリンで作られている生の麹がいかに素晴らしいか、改めて実感した。

日本でも、いい生の麹は絶対にどこかにあるはずだから、それを探してまた今回も仕込んでいこう。

ふりかけは、松の実が家になかったので、途中までで中断。

昆布を炊きながら、『ライオンのおやつ』のあとがきを書こうと思っていたのだけど、どうやら時間切れになりそうだ。

今夜は、久しぶりにペンギン姉さんと会う約束が入っている。

6年間　10月13日

朝昼ご飯は、近所のお弁当。

ここのお弁当を食べると、日本に帰ってきた感が倍増する。

依然としてわたしは時差で眠れないのだけど、もういいや、と諦めた。

本当に睡眠が必要になれば、どこにいたって、それこそ歩きながらでも寝そうな気がするから。

今週は、インタビュー週間だ。

ポプラ社から単行本を出していただくのは、6年ぶりということになる。

そんなに時間が経っていたのか、と自分でも驚いた。

担当編集者の吉田さんにインタビューに立ち会っていただくのも、6年ぶり。

いろんなことを思い出し、感慨深い。

6年間で、おそらくわたしは、吉田さんと二人三脚で作品を作るのに、どんなテーマがふさわしいのかを、ずっと考えていたのだと思う。

そこにたどり着くまでに、長く時間がかかった。

そして、いきついたのが、「死」をテーマにした作品だった。

『ライオンのおやつ』は、わたしにとって、長編10作目となる、節目の物語なのかもしれない。

9作目かな、と思ってちゃんと数えたら、10作目だった。

『食堂かたつむり』のデビューからは、11年が経つ。

ポプラ社と吉田さんのおかげで、今のわたしがある。

そのことに、改めて感謝している。

そろそろ、本が本屋さんに届く頃。

ぜひ、読んでいただけたら、嬉しいです!

シュリンカー　10月17日

台風一過の朝、目が覚めて、近所のニワトリの声が聞こえてきて、ホッとした。

台風19号は、これまでの人生で経験したことがないような風と雨だった。

ひとり暮らしのお年寄りの方とか、小さなお子さんがいる方とか、みなさん不安で不安でたまらなかったと思う。

続々と届く警報とか、いやでも3・11を思い出した。

被害の規模が明らかになるにつれ、その大きさに途方に暮れてしまう。

農作物の被害だって甚大だろうし、家を失ったり、家が壊れてしまった人もたくさんいる。

そういう方たちに、早く、最適な支援の手が差し伸べられてほしい。

大阪でのイベントは、そんな中で行われた会だった。

お集まりくださったみなさま、本当にありがとうございました！

その後、大阪↓京都↓名古屋と移動して、お世話になっている書店さんへご挨拶へ。

たくさんのサイン本を作らせていただいた。

今回は、シュリンカーを使った作業まで、させていただき、大満足。

薄いビニールの袋にサイン本を入れて、機械に通すと、くるっと梱包されたサイン本ができるというわけ。

できたてホヤホヤは、あったかくて、赤ちゃんのような温もりがあり、愛おしかった。

もし本屋さんでわたしのサイン本があったら、何かのご縁だと思っていただければと思います。

昨日の朝は、偶然、京都に来ていた友人とイノダコーヒで朝ごはん。

そして、朝の錦市場を、散歩。

ニコニコサイン会　10月24日

横浜でのサイン会に足をお運びくださったみなさま、本当にありがとうございました！

もう何回目のサイン会になるのかわからないけれど、読者の方に直接お会いするたびに、ピン、と背筋が伸びる。

今回のサイン会で特徴的だったのは、笑っている方がとても多かったこと。

笑っているというか、もう、ニッコニコの笑顔で、そのお顔につられて、わたしまでニッコニコになってしまった。

「がんばってください！」ともたくさん声をかけていただき、そのたびに、「がんばります！」とお返事した。

いっぱい、いっぱい、いいエネルギーをいただいて、自分が満たされていくのを実感した。

今、わたしの中には、これまでになく、これからもいい作品を書きたい、という気持ちがあふれている。

サイン会の翌日は福岡へ飛び、ポプラ社の営業の方たちと一緒に、書店さんへご挨拶。先週の大阪、京都、名古屋に続き、博多、広島、岡山の書店員さんにも直接お会いする機会を得た。

いったい、いくつの本屋さんへ伺い、何人の書店員さんにお会いしたことになるのか想像もつかないけれど、それぞれの本屋さんの書店員さんが、『ライオンのおやつ』のために温もりのある素敵な棚を作ってくださり、胸が温かくなる。

本を届けるってこういうことなんだなぁ、と改めて実感した。

書店員さんたちの努力なしに、読者の方へ物語を届けるのは、とても難しい。

お忙しい中でお時間を作ってくださった書店員さんたちにも、心からの感謝を申し上げます。

昨日は、来年の新しいスケジュール帳を買った。

そっか、もうそんな時期なのだ。ここ数年ずっと愛用していたタイプが見つからず、似たような中身で一回り小さいのにした。10月から使えるページがあったので、来月からの予定は、新しい2020年のスケジュール帳に書き写した。

どんな年になるんだろう？

色は真っ赤。

そして買ってから気づいたのだけど、これはドイツ鉄道が由来の（？）スケジュール帳らしく、表紙にも中にもドイツ語が書いてある。ドイツ語が、ごぶさたしていたことを思い出した。

アイラブ山形

10月28日

週末、一泊で山形へ。

東京から福島を経ると、だんだん、窓の向こうに緑が増えてくる。

米沢に向かうあたりの景色は、本当にきれいだ。

山を分け入るようにして、新幹線が進んでいく。


関係が少しはましだった頃、帰省すると、必ず両親が駅の改札まで迎えに来てくれた。

母はいつも、少し背伸びをするような格好で、わたしの到着を待っていた。

だからか、父と母が亡くなってからも、改札のところに近づくと、どうしても、ふたりの面影を探してしまう。

いないって、わかっているのに。

ふと、もしかしたらいるかもしれない、なんてセンチメンタルなことを期待してしまう。


今回は、おばさんに会うため山形に行ったのだ。

母の妹であるおばさんとは、諸事情により、かれこれ、25年くらい、会っていない。

でも、今年になって倒れたという連絡を受け、おばさんが生きているうちに会いたいなぁ、と思った。

おばさんに、ちゃんと感謝の気持ちを伝えたかった。


わたしに、家庭の温もりを教えてくれたのは、おばさんだった。

おばさんには、わたしと同い年の息子（わたしにとっては、いとこ）がいて、わたしはよく、夏休みや冬休み、春休みになると、そっちの家に合流した。

わたしはそこで、「ふつうの家」ってこうなんだ、ということを知った。

自分の家とはあまりに雰囲気が違って衝撃的だった。

おばさんは料理が得意で、いつも食卓にはおいしいものが並んでいた。

特にお正月のおせちの時は、子どものわたしにも、小さな器にちょこちょことコース仕立てで料理を食べさせてくれて、そんなことを経験したことのなかったわたしは、舞い上がりそうだった。

一度だけ、おばさんにビンタをされたことがある。

母の希望により、小学2年生から国立の小学校に転入したわたしは、おばさんに、「○○ちゃんと遊ばないの？」と聞かれ、「だってもう学校も違うし、友達じゃないもん」と答えた。

そうしたら、おばさんの手がわたしのほっぺたをぴしゃりと叩いた。

「そんなこと、言っちゃダメでしょ！」と。

この時わたしは、幼いながらに、ふだん母親から受けている暴力とおばさんのそれとは、全然種類が違うことを理解した。

おばさんのビンタは、わたしへの愛情から来るもので、おばさんの手も痛いのだろう、ということがうっすらわかった。

わたしが、母といてもなんとか曲がらずに済んだのは、おばさんのおかげ。

今なら、はっきりとそう断言できる。

おばさんのお見舞いに行くのは日曜日だったので、その前日は、母の死以来会っていない姉と、これまた25年ぶりに再会するはとこ、そしてはとこのお母さんとはとこの娘さん、5人で会食をした。

はとこのおばさんは、わたしが子どもの頃、よく家に遊びに来ていたのだが、水商売をしていたせいで、彼女が家に来ると、急に空気が華やかになったのを覚えている。

そのはとこのおばさんが、25年経ってもやっぱりすごかった!

自分の親戚にこんな人物がいたとは、たまげてしまう。

御歳82歳だというおばさんは、ヒールのある靴を履き、バッチリとお化粧し、赤と黒の服を見事に着こなし、颯爽と登場した。

爪にはネイルがキッラキラ。

ひゃぁぁぁぁぁ、わたしより色気がある。

いまだにアルゼンチンタンゴをしているそうで、いやぁ、参った。

案の定、周りからは「日本のデヴィ夫人」と呼ばれているという。

いくらでも小説のネタに使って、と中学校の先生をしているはとこが言ってくれた。

遠慮なく、ネタに使わせてもらおう。


そして翌日、みんなでおばさんのお見舞いへ。

おばさんは、少し前に退院して、今は自宅でリハビリ中だった。

25年ぶりだ。

でも、ふわっと時間が戻った。

同い年のいとこも、変わらなかった。

おばさんの旦那さんも、穏やかな口調がそのまんまだった。


「うちが実家だと思って、またおいで」

別れ際、おばさんが、言ってくれた。

おばさんも、母には随分苦労させられたと思う。

でも、これからの人生を、どうか、ほがらかに生きてほしい。

それから少し時間があったので、昔懐かしい実家の近所を、ぶらぶら歩いた。
視界に山が見えて、ホッとする。
なんとなく、やっと山形と和解できたかもしれない。
いいところだと、心の底から思えるようになった。
45年経って、ようやく山形が好きになれた。

夜明け

11月6日

初冬のベルリンへ。
すでに紅葉した葉っぱが地面に落ちて、色鮮やかなじゅうたんが広がっている。
あー、綺麗。
四方八方、どこに視線を送っても、そこには穏やかな美しさがある。

10月は、怒濤の1ヶ月だった。
仕事だけでも超のつくハードスケジュールだった上、私生活でもいろいろあった。
これまでの人生で、もっとも濃密な時間だったのは間違いない。
人生に、いきなり台風がやってきた。
でも、その目の中心にいたわたしは、案外、冷静だったかも。

ゆりねとも無事に合流を果たし、ひとまずホッとしている。

ゆりねの散歩がてら、近所のカフェでカプチーノを飲み、その帰り、ハム屋さんで新鮮な卵とチョコレートを買った。

それだけなのに、あ〜、なんて幸せなんだろう、とため息が出る。

道行く人たちが、みんなとは言えないけれど、笑顔なのがいい。

日本みたいに、眉間に皺を寄せて歩いている人は少ない気がする。

わたしは、よっぽどベルリンに恋をしているんだな。

好きで、好きで、仕方がない。

よく考えると、11月をベルリンで過ごすのは初めてだ。

去年も、一昨年も、この時期は日本に帰っていた。

ベルリンに長くいる人たちは、11月が辛い、と口を揃える。

まだ冬の入り口で出口が見えないし、12月はクリスマスが近づいて町全体が華やかになるけれど、11月はどんよりとした曇り空が続いて、雨も多いからだ。

確かに、こっちに戻ってから、毎日雨が続いている。

空は鉛色で、まるで大理石みたいだ。

どこまでも暗く、重たい雲が垂れ込めている。


でも、そんな空がパーッと晴れて、一瞬だけれど青空が顔をのぞかせる時がある。

青空が窓の向こうに広がると、わーっと、歓声をあげたくなる。

あんまり綺麗で、知らない人ともハグをして、喜びを分かち合いたいような気分になる。

なんて美しい空なんだろう、とただただ口を開けてぽかんとする。

そして気がつくと、また、大理石の空に戻っている。

そんなことの、繰り返しだ。


今は、見るもの、聞くもの、触れるもの、すべてが新鮮。

今だけしか見えない景色、今だけしか聞こえない音、今だけしか触れない何か、そんなものを大切に大切にしたくなる。

そういえば、最近ずっと、赤いセーターを着ている。
冬をベルリンで過ごすようになってから、赤が好きになった。
灰色の冬景色の中に赤い色を見つけると、それだけで嬉しくなる。
こっちの人は、赤の使い方がとてもお上手。

もう、手袋やマフラー、帽子を身につけないと、寒くて外を歩けない。
でも、なんか幸せ。
11月のベルリンも、決して悪くない。
悪くないどころか、すごくいい。

冬時間に戻ったので、夜明けは今、6時過ぎくらいだ。
起きる頃、外はまだ真っ暗で、星が出ている。
あったかいお茶を飲みながら、静かに静かに夜明けを待つ。
なんて贅沢な時間なんだろう。
生きていることが、いとおしくなる。

Alexandra　11月7日

今日は、Alexandra Strélisk iのコンサートに行く。
ここ最近、彼女の奏でるピアノの曲ばかり聴いている。

なんなんだろう、決してすっごくうまいわけでも、めちゃくちゃ音がいいわけでも、超絶技巧を披露するわけでもないのだけど、音のひとつぶひとつぶにちゃんと魂が宿っていて、彼女でなければ奏でられない音、という気がする。
最高においしい果汁がつまった雫みたいに、ゆっくりと、光をまといながら、音が降ってくるイメージだ。

楽器は、自分ひとりだけでは、音を鳴らせない。

どんなに名器と言われている楽器だって、それを弾く人がいなければ音は鳴らないし、誰が弾くかによっても、そこから生まれてくる音色は、全然違ってくる。


楽器と、奏でる人、ふたつの呼吸が合って初めて、美しい音楽が誕生する。

たぶん、人と人との付き合いも、そうなんだと思う。

お互いに、相手から美しい音色を引き出せたら、こんなに幸せなことはない。

わたしは、楽器であると同時に、演奏者でもあって、お互いがお互いの楽器を上手に鳴らせたら、そこからハーモニーが生まれて、世界を豊かに、幸せにできる。

そんな関係性が、理想的だと思う。


アレキサンドラと、ピアノみたいに。


彼女の映像も、ものすごくいいので、ぜひ見てください。

まさかベルリンでコンサートに行けるなんて、夢みたい。


追伸。

ベルリンで仲良くしている画家の佐伯洋江さんが、ロンドンのダイワギャラリーで個展を開催します。

それに合わせて、今月、わたしとのアーティストトークがあります。

お互いに影響を与えながら、切磋琢磨して、わたしは書き、ひろえちゃんは描いてきた。

アーティストトークのある日は、わたしたちを繋いでくれて、去年がんで亡くなったミュスタシアの命日でもある。

3人で、深夜までワインを飲みながら、死んだらどうなるとか、いろんな話をしてたっけ。

すべてが、繋がっているんだなぁ。

慈雨

11月8日

白ワインを飲みながら、コンサートが始まるのを待った。
席は決まっていなかったので、少し早めに行って、中央の前から2番目の席に着く。
ここなら、音がまっすぐ届くし、アレキサンドラの顔も見える。
会場は決して広くなく、ステージも狭くて、グランドピアノがぽん、と真ん中に置かれている、それだけ。
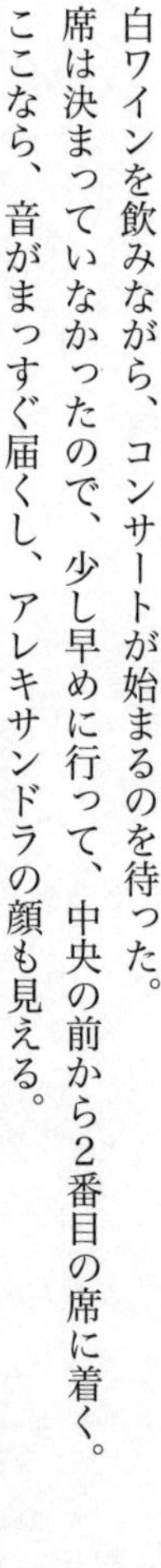
でも、始まるのを待つ人たちの雰囲気が、本当に良かった。
空いていた隣の席には、7、8歳くらいの水色のレインコートを着たおさげの女の子が座った。
すぐ後ろに、赤いタイツのお母さん。

お母さんは、手に大きな花束を抱えている。

女の子は、水色のレインコートの下に、少し小さくなった半袖のかわいらしいワンピースを着て、めかしこんでいた。

きっと、わたしと同じくらい、アレキサンドラが好きなのだろう。


一瞬会場が暗くなって、アレキサンドラがステージにやって来る。

わー、生アレキサンドラだ！！！

白いスニーカーに黒いズボン、黒いTシャツ、柔らかい素材のジャケット。

わたしの普段着とほとんど変わらない、きっとリハーサルの時と同じ衣装（？）だ。

ほどなく、演奏が始まる。


なんという贅沢。

アレキサンドラは自分で作ったオリジナルの曲を演奏するので、間合いとか、すべてに彼女が投影されている。

音のつぶつぶが美しすぎて、恍惚とした。

優しく降り注ぐ慈雨の中で、愛しい人と抱き合って濃厚な口づけを交わしているような、そんな気分になる。

隣に座った女の子は、メロディーに合わせて口ずさんでいた。

気持ちはわかる。わたしだって、歌いたくなる。

でも、あんまりずっと歌うので、周りの人も気になっているし、わたしも曲に集中できないから、途中で注意した。

その後も思わず歌ってはいたけれど、でも、まぁ許せる範囲だった。

それにしても、なんて清らかな時間が流れていたのだろう。

アレキサンドラの弾き方は、決して優しいだけでなく、時には激しく、鍵盤を叩くように弾いたり、立ち上がったりもする。

でもそれが、全然パフォーマンスぽくなくて、彼女の自然な動きでそうなっている感じが伝わり、すごくよかった。

茶目っ気もあって、途中、足元のワイングラスを倒して音を出してしまった人がいたのだけど、その人に、あなたこっちにいらっしゃい、と言ってみたり、でも音は出るものだから全然気にしないで、リラックスして聞いて、とすぐに優しい言葉をかけていた。

照明は学芸会とさほど変わらないような素朴なものだし、たまに暗幕に映像が流れるものの、ステージの演出もいたってシンプルで、飾り気という飾り気は全くなかった。

席も、満席ではなかったし。

それでも、そんなことは御構い無しに、そこにはものすごく崇高なエネルギーがあって、それは、宇宙の一番奥深いところへとまっすぐにつながっているように感じた。

夜8時から始まったコンサートは、9時半少し前に終了。

アンコールも2曲さらっとやって終わった。

この、さくっと終わる感じも、とてもよかったな。

会場を出て空を見上げたら、半月より少しふくらんだ月が出ていた。

冬の匂いがした。

アレキサンドラはフランス語を話すから、今度コンサートに行く時は、フランス語に訳された自分の本を持っていってプレゼントしよう。

30年前の今日　11月9日

昨日、外に出たら、なんだか町全体が浮き立っていた。人も多くて、あれ？　もしかして祝日かな、と思うほど。それで、「今日は祝日ですか？」と町行く人に聞いてしまった。祝日ではなかったのだけど、明らかに、なんか、空気が違ってた。

30年前の今日、ベルリンの壁が開かれた。

日本では、「崩壊」という表現を使うことが多いけれど、こっちだと、open的なニュアンスの言葉で表現する。

そう、重たくてずっと動かなかった巨大なドアを、みんなで押し開いたイメージだ。

30年前のことは、覚えている。

わたしは、高校生だった。

自宅のこたつに入って、ニュースを見ていた。

画面の中で、壁にのぼった人たちが、壁を壊したりしていた。

世界情勢のことなんか全然わかっていなかったけど、それでも、すごいことが起きているんだ、という空気だけははっきりと感じた。

あれから30年。

わたしは今、ベルリンにいる。


わたしがアパートを借りて暮らしているのは、旧東側の地区だ。

でも、少し歩くともう西側で、そこには壁が残されている。

初めて見たときは、結構低いんだな、という印象だった。

梯子とかを使ってよじのぼったら、簡単に越えられそうに思えた。

でも実際は、両サイドから壁を挟む感じで緩衝地帯が設けられていたし、そこには鉄条網や凶暴な犬、銃を持った監視員がいて、壁を越えて東から西へ逃亡するのは、容易ではなかった。

それでも、多くの人が壁を越えようとして、命を落とした。

もし、自分が壁で隔てられた東側のベルリンにいたら、どうしていたのだろう。

やっぱりわたしも、命がけで壁を越えようとしたのだろうか。

それとも、現状を受け入れて淡々と慎ましやかに暮らしていたのだろうか。


壁があって、不自由の味が骨身にしみている人たちだから、必死で、自由を守ろうとする。

自由は、決してあたりまえに与えられるものではなく、自分の手のひらにあるかを常に監視し、自由を奪おうとする者に対しては常に臨戦態勢でいどまなければ、ぼんやりしていると、あっという間にこの手から奪われてしまう。

一度失った自由を、再びこの手に取り戻すのは、至難の業だ。

だからこそ、大切なものは、自分の手でぎゅっと握りしめていなくちゃいけない。


ベルリンに身を置いて感じるのは、そういうこと。

ベルリンにいると、自由と義務のバランスが、とてもいいなぁ、と思う。

それは、多くの人が、30年前の出来事を、記憶にとどめているからだろう。

卵の中の雛が外に出ようとするとき、雛は内側からくちばしで殻を叩き、親鳥もまた、外側から殻を叩く。

これを、「啐啄（そったく）」というけれど、30年前の今日起きたことも、啐啄だったのかもしれない。

東の人たちと西の人たちが、力を合わせて壁を開いた。

30年前のわたしに、「あなたは30年後、ベルリンに住んでいるのよ」と教えたら、絶対に信じないだろうなぁ。

でも、そんなことが実際に起きちゃうんだから、人生ってほんと、面白いなぁ。

冬のみずうみ

11月14日

ずっと雨が続いて買い物も行けなかったほどだったのだが、日曜日はその鬱憤を晴らすような冬晴れのお天気だった。

そうだ、湖に行こう！ と思い立ち、ゆりねを連れてお出かけする。

日本にいて、恋しくなったのが湖だった。

こんなふうに、サクッと湖に行けるのが、いい。


気持ちよかった！

湖畔の木々はすっかり紅葉して、水面には美しい世界が広がっている。

ゆりねはいつになく大はしゃぎで、リードを外したら、ほとんどずっと走り回っていた。

水が綺麗だ。

夏の、みんなが湖水浴をしていた湖もよかったけど、わたしはやっぱり、冬の、ひっそりとした湖が好き。


白鳥もいた。

ゆりねも一緒にしっぽをふりふり近づいたら、思いっきり威嚇されて逃げていた。

白鳥の方が何倍も大きくて、迫力がある。

それにしても、湖には白鳥がつきものだ。

鴨にネギ、くらい相性がいい。


湖を見渡せる丸太に座って、少しだけ読書した。

『ある小さなスズメの記録』

以前単行本で読んだのだけど、ベルリンには文庫があるので、それをポケットにしのばせて行ったのだ。

ゆっくりゆっくり、太陽が沈むのを感じながら、読書した。

目の前に広がる光が綺麗すぎて、なんだか脳みそがとろけそうだった。

陽が沈み、今、外の気温は4度。

冬時間に戻ったので、朝は7時半くらいになってようやく空が白み始め、夕方は4時半になるともう薄暗くなる。

これから冬至に向けて、ますます陽が出る時間は短くなっていく。

でも、だからこそお日様に感謝できる。

本当に、空から光がこぼれるたび、ありがとう！　と叫びたくなる。

日曜日の朝、部屋の壁に　美しい影ができていた。

幸せ。

いつまでも同じ姿でいてほしいのに、刻々と形が変化するのがまた、切ない。

大親友　11月20日

ベルリンに来てよかったことのひとつは、ひろえちゃんに会えたことだ。

ひとつ、というか、それがすべてだったと言っても過言ではない。

わたしはそんなにすぐに人と親しくなるタイプではないし、友達は少数精鋭に限ると思っている。

数よりも、質で勝負だ。

そういう意味では、誰にも負けない自信がある。

ひろえちゃんと初めて会った時のことは、今でも忘れない。

2年前の初夏。

紹介してくれたのは、みゆきちゃんだった。

みゆきちゃんはベルリン在住の美容師さんで、わたしも、ひろえちゃんも髪の毛を切ってもらっていた。

そのみゆきちゃんから、何度も、「今度紹介したい人がいるの。彼女は絵を描いててね、絶対に糸さんと合うと思う」と言われていた。

ひろえちゃんもひろえちゃんで、同じように、みゆきちゃんから言われていたという。

場所は、ワイン広場だった。

夏の間だけ、そこにワインの蔵元が来て、自分のところで作ったワインをみんなに飲ませてくれるのだ。

食べ物の持ち込みは自由なので、各自、何か食べ物を持ってこよう、ということで待ち合わせした。

わたしは、ポテトチップスを持って行き、みゆきちゃんは畑で収穫したばかりの新鮮な野菜を持ってきて、ひろえちゃんは手作りのサンドウィッチと卵焼きを持ってきていた。

そこで、意気投合した。

わたしは、ひろえちゃんを勝手に、魂の片割れみたいな人だと感じた。

わたしは物語を「書く」人で、ひろえちゃんは絵を「描く」人。

表現方法は違っても、同じ熱量で、同じ真剣さでかいていると思った。

ワイン広場は、確か夜の9時くらいにお開きで、その後わたしたちは、すぐ近くのフランス料理屋さんに場所を変えて、更にそこでもワインを飲んだ。

金曜日の夜だったと思う。

結局、店を出たのは深夜の1時過ぎで、3人でぐでんぐでんに酔っ払ったまま地下鉄に乗って帰ったのを覚えている。


それから、急速に親しくなった。

うちに集まってご飯を食べては、夜遅くまで、飽きもせずに話し続けた。

話していた内容は、命、宇宙、生命の誕生、死。

死んだらどうなるんだろう、ということを、本当に真剣に話し合っていたっけ。

ちょっと郊外のカフェまで遠足に行ったり、泊りがけで温泉に行ったり、いつも3人で一緒に遊んでいた。

みゆきちゃんは何年か前にガンを患っていたけれど、わたし達はそれはもう終わったこととして、ふつうに接していた。

みゆきちゃんの体調がよくなくなって、結果的にガンが再発したのは、去年の冬だった。ちょうど、3人で温泉に行った直後で、検査の結果、再発していることがわかった。それでも、わたしもひろえちゃんも、そしてみゆきちゃん本人さえ、引き続き、3人でどこかに行ったりできる、と思っていた。

だけど、みゆきちゃんは去年の夏、息子を連れて日本に帰省したまま、体調が悪化してベルリンには戻れなくなった。

それで、アパートにあった荷物を、周りにいた何人かの仲間で、バザーをしたりして、なんとか空にした。

みゆきちゃんの具合は、どんどん悪くなった。

どうしてもっと強く手術を勧めなかったんだろう、とか、周りにいた人たちは、それぞれ苦しい思いをした。

彼女にはまだ小学生の息子がいて、ましてやシングルマザーだったから、もっと他に方法があったんじゃないかと、それぞれ複雑な思いを胸に抱えた。

みゆきちゃんは、人が最期、どんなふうに死に向かうのかを身をもってわたしに教えてくれた。

その姿は、少なからず、『ライオンのおやつ』に反映された。

みゆきちゃんには、わたしがホスピスを舞台にした物語を書いていることを話していた。

そして彼女は、「わたしは当事者だから、なんでも聞いてね」と明るく言ってくれていた。

みゆきちゃんが亡くなったのは、1年前の11月。

来週、ひろえちゃんのロンドンでの個展に合わせて、わたしとひろえちゃんでアーティストトークをする日は、みゆきちゃんのまさに命日だ。

わたしの作品の中にも、ひろえちゃんの作品の中にも、みゆきちゃんは生きている。

たとえ人が亡くなって体は消滅しても、その人の持っていたエネルギー自体は、決してなくならない。

空気みたいに、そこらじゅうに、存在している。

わたしは、死とはそういうものだと思っている。

今日はアーティストトークのために、美容師さんに来てもらって、ふたりで髪の毛を切ってもらった。


それから、ゆるゆるとワインを飲みながら、アーティストトークのリハーサルをやった。

大のあがり症のひろえちゃんにとって、今回のアーティストトークは大きな挑戦だ。

来週の火曜日はきっと、いい時間を過ごせると思う。

そして、そのことを誰よりも喜んでくれているのは、みゆきちゃんだろう。

すべて、みゆきちゃんが仕込んだことに思えてならない。


わたしは、明日からロンドンへ行ってきますね！

ジェントルマン王国　11月28日

昨日の夕方、ロンドンから戻った。

ロンドンは、ほぼ20年ぶり。

ちょうどミレニアムで1999年から2000年に変わる瞬間をロンドンで過ごしたのだけど、正直なところ、ロンドンにはあまりいい印象がなかった。

それで20年間、ロンドンには行っていなかった。


ところがどっこい、あまりに素敵な街で驚いた。

ベルリンは「町」という気がするけれど、ロンドンは「街」だ。

都会的で洗練されていて、伝統のある素晴らしいものがたっくさんある。

なぜもっとこの街に早くから来ていなかったのか、悔やまれた。

わたしは断然、パリよりも好きだなぁ。

まぁ、今回は泊めていただいた場所も場所だし、本当に厳選されたいい部分しか見ていない、というのはあるけれど、それにしても道を歩くロンドンっ子たちが皆さん朗らかで、幸せそうだった。

特に、ジェントルマンの佇まいは見事で、わたしは暇さえあればキョロキョロして、英国紳士を観察していた。


週明け、カフェに行ったら、How was weekend? と聞かれて、びっくりした。

お店の人の態度やサービスがベルリンとは全然違う！　という話はよく聞いていたけれど、確かにそんなことベルリンのカフェで聞かれたことは一度もない。

皆さん話し上手で、ユーモアにあふれている、というのもよく聞くこと。

あと、女の人がスーツケースを持って階段を上り下りしようとすると、すぐに男性が助けてくれる、というのもドイツからすると驚きの振る舞いだ。

わたしも、帰りの飛行機でスーツケースを荷棚に上げようとしたら、すぐにジェントルマンが助けてくれた。

ジェントルマン、最高！

しかも、めちゃくちゃお洒落さんだし。

見ていて、全然飽きなかった。


大英博物館、テートモダン、ロイヤルアカデミー。

芸術を楽しむにも事欠かないし、しかも多くの美術館や博物館が無料で開放されていることにも、感動した。

世界中から選りすぐりの品々が集まっている印象だった。


ひろえちゃんとのアーティストトークも満席（130人！）で、とても有意義な時間だった。

あがり症のひろえちゃんは、がんばって英語で自分の作品のプレゼンテーションを行い、たくさんの人に自分の作品について知ってもらうことの喜びを味わっていた。

きっと、今後のアーティスト人生において、大きな一歩になるに違いない。

ひろえちゃんは、展示する場所からインスピレーションを受けて作品にするらしく、今回も、暖炉の上に飾ることを想定して、それに合った絵を仕上げたという。

最近よくいろんな人から、雰囲気や顔や声がひろえちゃんに似ていると言われる。

やっぱりどこかの前世で、姉妹だったことがあるのかもしれない。


そしてこの会の終了後は、ご褒美に、リフォームクラブへ連れて行っていただいた。

ここは、歴史と伝統のある会員制のクラブで、当初は改革派の人たちがこの建物に集っていたという。

もう、目から鱗の空間だった。

そこで、シャンパンを飲んで、ディナーをいただき、最後はお茶。

こういう場所がロンドンにはまだまだあるというから、恐るべし!

イギリスの超一流の世界に触れられたことは、本当に貴重な経験だった。

冬の始まり　12月21日

今日は、冬至。

一年で、もっとも昼の時間が短くなる。

しかも今日は雨なので、午後3時くらいにはもう、夜の気配が忍び寄ってきた。

でも、逆に言うと、明日からはまた少しずつ昼が長くなっていくということ。

底辺に爪先がついたみたいで、ホッとする。


ドイツ語で、冬至はWinteranfang、冬の始まりという意味だ。

確かに寒さは、これからが本番かもしれない。

なんとなく、去年よりも寒いように感じるのは気のせいだろうか。

油断していると泥沼に引きずり込まれそうになるので、常に心がけながらこの冬を乗り切ろう。

幼い頃は、冬至の日になると、祖母が必ず小豆かぼちゃを作ってくれた。

甘い小豆とかぼちゃが合わさって、まるでお菓子のような味だったけど、れっきとしたご飯のおかずだった。

大きな鍋でたっぷり作ってくれたのに、ほんの数日でなくなってしまう。

私にとっての、冬の味だ。

最近わかったのだが、祖母の実家は、禅寺だったという。

それで、近所のお寺で精進料理を出す時は、よく味つけのアドバイスに駆り出されていたそうだ。

私は子どもの頃から、お寺で出される精進料理が大好きだった。

報恩講の時は、いつも祖母にくっついてお寺にご飯を食べに行くのを楽しみにしていた。

お出汁がじんわり染み込んだがんもどきとか、端正な形に切りそろえられたこんにゃくとか、いまだに好きでたまらない。

幼少の頃から精進料理が好きだったのは、きっと祖母が毎日おいしい料理を作ってくれたからに違いない。

料理を食べる楽しさや作る喜びを教えてくれたのは祖母だったけど、祖母以外にも、もうひとりいる。

おばさんだ。

祖母の娘で、母の妹。

おばさんの家には、私と同い歳のひとり息子がいて、私はよく、長い休みになると、いとこの所に遊びに行った。

いとこの家は仙台にあったので、山形から仙台まで、仙山線に乗って行ったっけ。

初めてひとりで行ったのは、確か小学生の1年か2年の時だった。

いとこの家は、自分の生まれ育った家とは、価値観も、明るさも、何もかも違った。

家族でキャンプに行ったり、焼肉を食べたり、釣りをしたり、そういうことが普通だった。

特に衝撃的だったのは、おばさんが作ってくれる料理だ。

お正月に遊びに行った時、子どもにも、一品一品きれいな器によそって出してくれたのだ。

そんなふうに料理を丁寧に出されたことがなかった私は、泣きそうになるくらい感動した。

今でも、はっきりと覚えているのだが、その時、食器を下げる手伝いをしていて、私が誤って器を壊してしまったのだ。

けれど、おばさんは全然怒らなかった。

世の中にそういう優しさが存在することを教えてくれたのは、おばさんだった。

今から思うと、いとこの家で過ごす時間は、私にとっての陽だまりのようなものだった。

おばさんには、どんなに感謝しても足りない。


昨日は、ついに里芋を買った。

以前から気になってはいたものの、だいぶ前にゴボウで失敗したことがあるので、ちょっと遠巻きに見ていた。

私は、皮ごと丸のままオーブンで焼いて、オリーブオイルと塩で食べる。


100%、紛れもなく里芋だった。

ホクホクしていて、栗みたいな食感だ。

日本で食べる里芋よりも、おいしいくらい。

里芋が手に入るなら、ベルリンにいても芋煮汁が作れるということだ。

こんなにおいしいのなら、もっと早くから食べていればよかった。

そして、生で食べるには酸っぱすぎる林檎は、ケーキにした。

この季節になると、必ず作りたくなる林檎のケーキ。

クルミとレーズンをたっぷり入れて、ディンケル（古代小麦）で焼いてみた。

クリスマスを目前に控えて、そろそろお店も休みになるから、せっせと買い物を済ませて、籠城する準備をしなくちゃいけない。

昨日あたりから、どこに行っても、Frohe Weihnachten! という挨拶をされるようになった。

一年で、人々がもっとも大切にしているクリスマス。

ということで、みなさまよいクリスマスを！！！

画家・佐伯洋江×作家・小川糸

親友でもある二人が語る、「描くこと」と「書くこと」について。画家佐伯洋江さんの展示会にて行われたトークショー。

＊

小川糸　今回の展示会には、生と死というものが、とても深くかかわっていると思います。実は、わたしが先月日本で出した最新作『ライオンのおやつ』も、死がテーマになっています。ひろえちゃんにも読んでいただきたいと思って日本からベルリンに送らせていただきました。

佐伯洋江　ある日、郵便受を開けたら、糸さんからの新刊が、温かい気持ちのこもったお手紙と一緒に入っていました。翌日、緊張感と、ワクワクした気持ちと共に、一気に読みました。

本の最後は、滝のように流れる涙と共に、完敗でした。と、いうのは、今度こそは、糸さんの本で泣かないと決めていたのに、泣かされて、悔しくもありました！

一番、印象に残った感覚というのは、わたしたちは、この2年間、よく一緒に時間を過ごしていたのに、糸さんは、本の内容については一切、話さず、コツコツと一つの作品に向き合っていた、という得体の知れない強靭な力に、リスペクト、というよりも、圧倒されてしまいました。

また、お互いに、話していなかった部分があり、結局、表現方法は違えど、同じようなこと（テーマ）に、真正面から取り組んでいたことにも、蓋を開けてみて、驚きました。同時に、シンクロニシティというのか、やはり、繫がっていたんだ、と、納得もしました。

小川糸　わたしが今回、死をテーマに物語を書こうと思ったのは、母ががんを患い、余命を宣告されたことでした。
　わたしは、死にはふたつあると思っていて、ひとつは自分自身の死、もうひとつは自分以外の他人の死。わたし自身は、自分の死に対しての恐怖感というのはあまり感じたことがないのですが、母は死ぬのが怖いと言って、怯えたんですね。わたしは、その姿に少し驚いたのですが、でも一般的には、自分の死に対して恐怖感を抱いている人は多いんだろうな、と思いました。
　だから、読んだ人が死ぬのが怖くなくなる物語を書こう、と思ったのが直接のきっかけです。結果的に母の死には間に合わなかったのですが、物語を通して、多くの方にそのメッセージを届けることができたのではないかと思います。

佐伯洋江　わたしは、人は、大きく分けて、ふた通りの人がいると思っていて、死んだら終わりと思っている人。それから、死んだあとにも、まだ続くと思っている人。わたしは、後者ですが、まず、生まれてきたのが、どこからきたのか。そもそも、わたしたちが立っているこの丸い惑星は、一体どこからきたのか、その不思議に、畏怖の念を抱かざるを得ません。
　死んだら、映画やコンサート、絵をみた後のような、「感じ」が残るんじゃないかと想像しています。だからこそ、いま、この瞬間の「感じ」を丁寧に扱いたいと思います。

小川糸　実は、こういう内容のことを、ベルリンでよくワインを飲みながら、話していたんですよね。そもそもわたしとひろえちゃんが知り合ったのは共通の友人の紹介で、初めて会ったのは、2年前の初夏でしたっけ？

佐伯洋江　共通の友人のみゆきさんというのは、

わたしたちの髪の毛を切ってくれていた、ベルリン在住の美容師さんで、ずいぶん前から、「糸さんって、本を書いてる人なんだけどね、ぜひ、紹介したいの！　きっと、合うと思う！」。それで、やっとお会いできて、すんなり、仲良しになりましたね。

小川糸　わたしもみゆきちゃんから、よく、今度紹介したい人がいる、って聞かされていました。それで、初めて3人で会ったのが2年前の初夏で、ワイン祭をしていた会場でした。

それから、急速に親しくなりました。わたしは、ひろえちゃんのことを、なんていうか魂のかたわれみたいに感じたことを覚えています。本当に不思議なのですが、3人が3人とも同時に量子力学に興味を持ったり、スピリチュアルな本をみんなで回し読みしたり、死んだらどうなるんだろう、ということを、いつも話題にしていました。

彼女が数年前にガンになっていたのは知っていたのですが、わたしもひろえちゃんも、そのことはもう終わったこととして、ふつうに接していました。でも、去年の冬に再発して、その時にはもう手がつけられない状況で、結局、亡くなったんですよね。それが、ちょうど一年前の今日になります。

佐伯洋江　わたしたちを含めた、最期に彼女の荷物の片付けをした数人のメンバーは、とっても、悲しみましたよね。なぜ、身近な友人の病状を把握し切れていなかったのか、と、悔しい思いもしました。でも、同時に、ますます、死が、「ただ一枚の、薄っぺらい幕の向こう側」という感覚になりました。

夜、窓を開けたときには、「わたしも元気やで〜！」って、思いっきり、手を振っています。

小川糸　わたしは、喜びながら生きることがいかに大事かを、彼女の姿から教わりました。あれは、3月3日のひな祭りのお祝いでうちに集まった時でしたが、お昼にちらし寿司を食べて、話していたら夕方になって、ちょっと散歩がてら買い物に行こうという話になり。その時に、ひろえちゃんが、「ジョイフルやで〜」と言って、なんだかわからないけど、3人で大笑いして。それから、ジョイフルが、わたしたちの間で流行語みたいになりました。

　でも、ジョイフルってことが、わたし、人生で何よりも大切なんだな、その瞬間瞬間が、喜びに満たされること、人が生まれてくる時に果たさなければいけない使命というのは、幸せになることなんだと、それが彼女からのメッセージだったんじゃないかな、と思っています。

佐伯洋江　ところで、制作に関してですが、糸さんはよく、物語を書き進める過程を、山登りにたとえますよね？　基本的に、書いている間は、辛い感じですか？　それとも、楽しい感じですか？

小川糸　両方だと思います。ものすごくうまくいっている時は、大好きな恋人と蜜月状態を過ごしているような気持ちになりますし、行き詰まってしまった時は、人生真っ暗というか、本当に生みの苦しみを味わっています。

　ただ、基本的には覚えていないんです。毎回、気がついたら、作品ができている感じです。たぶん、無意識のうちに書いているんじゃないかと思います。

佐伯洋江　わたしも、同じように、無意識のうちに描いています。そうじゃないと、描けないというか、まず、激しいアップダウンを繰り返します。時には、天才になるし、時には、「こんなんやつたら、死んだほうがましや」とか。自尊心が、自分自身についてこれなくなり、ギブアップした時に、ようやく、作品の方から、作品自身の力を持ち始めます。あとは、それに従っていくだけですね。肉体を駆使するので、アトリエではヨガをしたり、あと、瞑想をします。アトリエでは、画集も見ないし、本も読まない。基本、瞑想と制作のみです。

小川糸　わたしは、書く仕事をするのは、朝だけと決めています。夜明けと共に起きて、まずは仏様に手を合わせて、お茶を飲みながら新聞を読んで、それから執筆します。書くのは、おなかが空くまで、と決めていて、午前11時頃に朝昼兼用の食事をしたら、午後はもう書く仕事はしません。

佐伯洋江　わたしは、朝起きてすぐに、もりもり朝ごはんを食べ、お弁当を作って、ささっと、ヨガと瞑想をして、電車に乗ってアトリエに行きます。

朝、できるだけ早くアトリエに行って、今は、なんとか、6時に終わるようにがんばっていますが、それでも、一回閉めたアトリエのドアをもう一回開けて、別れ惜しく、時には、また戻ってしまいます。夜は、本を読んだり、制作期間はあまり人に会わないようにしています。逆に、展覧会が終わったら、いったん、きれいに忘れます。

小川糸　わたしも、ひとつの作品が自分の手を離れたら、きれいさっぱり忘れるようにしています。そうしないと、次の作品の入り込む余地がなくなってしまうので。そういう点でも、「書く」と「描く」の違いはあっても、わたしたちは、とても似た者同士だな、って思います。

（2019年11月26日
Daiwa Foundation Japan House in London）

本書は文庫オリジナルです。

真夜中の栗

小川糸

令和4年2月10日　初版発行

発行人――石原正康
編集人――高部真人
発行所――株式会社幻冬舎
〒151-0051東京都渋谷区千駄ヶ谷4-9-7
電話　03(5411)6222(営業)
　　　03(5411)6211(編集)
　　振替00120-8-767643
印刷・製本―中央精版印刷株式会社
装丁者――高橋雅之

幻冬舎文庫

ISBN978-4-344-43162-1　C0195　お-34-19

幻冬舎ホームページアドレス　https://www.gentosha.co.jp/
この本に関するご意見・ご感想をメールでお寄せいただく場合は、
comment@gentosha.co.jpまで。